松 开 过 去 的 自 己 · 改 变 一 生 的 结 果

遇见你，就是最对的时候

YUJIAN NI, JIUSHI ZUIDUI DE SHIHOU

《意林》编辑部 编

吉林摄影出版社
·长春·

图书在版编目（CIP）数据

遇见你，就是最对的时候 /《意林》编辑部编. -- 长春：吉林摄影出版社，2016.3
（多味之恋）
ISBN 978-7-5498-2509-7

Ⅰ. ①遇… Ⅱ. ①意… Ⅲ. ①故事 - 作品集 - 中国 - 当代 Ⅳ. ①I247.8

中国版本图书馆CIP数据核字(2016)第045321号

遇见你，就是最对的时候 YUJIAN NI, JIUSHI ZUIDUI DE SHIHOU

项目出品	意林松果阅读
出 版 人	孙洪军
主 编	顾 平　杜普洲
责任编辑	施 岚　胡晓路
总 策 划	蔡 燕
丛书统筹	黄 磊
策划编辑	黄 磊
特约编辑	刘思遥
设计总监	资 源
封面设计	资 源
美术编辑	孔凡雷
发行总监	李振红
开 本	880mm×1230mm 1/32
字 数	280千字
印 张	8
版 次	2016年3月第1版
印 次	2016年3月第1次印刷
出 版	吉林摄影出版社
发 行	吉林摄影出版社
地 址	长春市泰来街1825号
	邮 编：130062
电 话	总编办　0431-86012616
	发行科　0431-86012602
网 址	www.jlsycbs.net
经 销	全国各地新华书店
印 刷	北京市兆成印刷有限责任公司
书 号	ISBN 978-7-5498-2509-7　　定 价：29.80 元

启 事

本书编选时参阅了部分报刊和著作，我们未能与部分作品的文字作者、漫画作者以及插画作者取得联系，在此深表歉意。请各位作者见到本书后及时与我们联系，以便按国家相关规定支付稿酬及赠送样书。

地址：北京市朝阳区南磨房路37号华腾北搪商务大厦1501室《意林》编辑部（100022）

电话：010-51908602

版权所有　翻印必究
（如发现印装质量问题，请与承印厂联系退换）

序

此情道不尽
愿与知音续

《意林》中的"我与名家共写作",是我非常喜爱的一个栏目,因为能与读者们互动,这不是单方面地要读者来支持,而是与同样善文的朋友们一起写一篇故事,虽然小,却是和从未谋面的知己们共同完成的。

这是一个奇妙的过程,因为从自己心底流淌出来的情感,以文字编织成故事,其中的情节和走向只在自己的心中预设好,而之后由他们来写就,必须依照之前的文字风格与情节设定的基本方向,这要求续写的人十分了解自己并且有一定的文字功底。而从成百上千篇的续写文章中看到不一样的结局,如多彩的烟花,充满了新奇而浪漫的趣味。

"欲将心事付瑶琴,知音少,弦断有谁听?"相知唯几人。汉字普及的范围这么大,一篇文章抛入人海如天空之中飘飞的柳絮见不到踪迹,而知己却看得到,愿在这浮躁的世界里把它捧在手心,细细地读,这对于写文来说是一种幸事;而那遥远又从未谋面的人,竟十分看重这文字,愿花费自己的心血来揣摩,续写,共同编织故事,如合奏美妙的乐章,这种交流与一起创作的方式是令人愉快的。

序

当初黄编邀请我参加这个活动时,我也是抱着尝试一下的心态,为了方便读者参与,我选了一个短小精悍的情节,埋下一些伏笔让后半截有迹可寻,在创作的过程中,一想到朋友们会如何来续写这个故事,就想笑出声来。果然,黄编让我看到了一些不同的结局,在大家的心中,都倾向于完美的结尾,爱与美是大家共同向往的。

这让我在某个瞬间非常感动,也在反思我过去喜好的种种悲剧性的结局,我向来爱把美好撕碎,这种痛快的创作欲望的发泄虽然淋漓尽致,但对于读者们来说会很痛苦,因为深爱着我的文字和故事的人会心疼。

我开始尝试一种温和而美好的结局,以文字抚慰深爱着我文字的朋友们的心灵,在此之中,我们是交流,也是一种分享,享受文字带来的浪漫与诗情画意,在这浮躁的世界里,我们还拥有用美好的文字编织出来的宁静的秘密花园。

少年时,我最喜欢新书中纸墨的芬芳,常沉醉于其中。读书是世上最美妙的事,写作也是一样,让我们一起把文字写得更美好吧。

此情道不尽,愿与知音续。

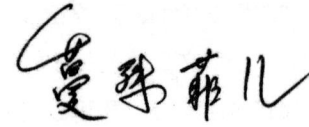

遇见你，就是最对的时候　目录

原来的我 ⑦

午夜解剖室	安以陌	003
游戏鬼屋NPC的忧郁	冷亦蓝	019
珍爱馆的秘密	蔓殊菲儿	035
木乃伊谜案	冷青裳	041
黑暗里的游戏	岑桑	061
如果	孙建业	083
失踪之谜	双人鱼	095
沉默的诺查丹玛斯	何慕	113
金边眼镜	紫龙晴川	135

目录

遇见你，就是最对的时候

彼岸 156　此岸 157

背后妖灵

- 爱的兵法书　于佳耿雪　160
- 你不知道的事　绿亦歌 梦沉浮　168
- 偶像之约　周德东 隋秀梅　173
- 红毯上的角逐　青罗扇子 韶汐　179

假寐游戏

- 午夜解剖室　安以陌 李卓轩　186
- 不可思议事件　藤萍 cvnxh　192
- 沉默的诺查丹玛斯　何慕 杂质　197
- 游戏鬼屋NPC的忧郁　冷亦蓝 曼宏　203
- 黑暗里的游戏　岑桑 韩智超　209

梦回老宅

- 金边眼镜　紫龙晴川 长夜未央　218
- 绝唱　连谏 小图　224
- 手机旋涡　罗浩森 踏雪歌　232
- 如果　孙建业 王亚楠　238
- 木乃伊谜案　冷青裳 辛诗婕　243

原来的我

午夜解剖室

文 / 安以陌

那只鬼一直住在心里,你所有的妒忌、仇恨、懦弱、自卑,都化作了心中的鬼,住在我的心里。如今,我已经告别了它。只要心中有着善念,我便不必再畏惧它们。

——安以陌

【解剖室的传说】

F大是一所百年医科名校。

像这类有着百年历史的医学院总有一些共性,比如"录取分数线居高不下""学生间竞争激烈、缺乏友爱",还有最重要的一点——鬼故事特别多。

在F大所有的离奇故事中,"午夜解剖室"一直高居BBS(网络论坛)校园惊悚传说排行榜榜首。这间解剖室八年前发生了一起意外,据说有两名特别勤奋的学生,半夜偷偷进解剖室练习,却打翻了装着剧毒药物的药剂瓶。这起事故直接导致了我同系的一位学长的死亡,而那学长本来已经拿到了系里唯一的赴美交换生指标。真是太可惜了,据说死得不甘心的人特别容易逗留人间。有人看到那位学长在出事之后的深夜还回到了那间出事的解剖室,继续着他的功课……

不过,身为祖国未来的栋梁,我自然是不会相信这些无稽之谈的。如果不是因为和寝室那几个家伙打"拖拉机"输了,我根本不会无聊得半夜来这种地方。怪只怪那个秦昊,我明明不会打扑克牌,他非要拉着我一起打,浪费了我一个晚上的温习时间不说,输了还要接受惩罚。我正在心里埋怨的时候,秦昊终于吭哧吭哧地跑了过来。

"不好意思,我来晚了,怎么不进去?是不是害怕?"秦昊看着我，笑得眼睛眯成了一条缝。

"愿赌服输，来这里是我提议的，有什么好怕的。我只是觉得会耽误学习！"我没好气地说道。说实话我实在不喜欢秦昊，他平日里就知道吃喝玩乐和泡妞，除了长得帅一点儿之外也不知道有什么好。更可恨的是，这个吊儿郎当的家伙居然每次都考第一，永远压我一头。学校还把今年的赴美交换生指标给了他，那我每天的努力付出算什么！

"我说你，学习是要用对方法的，天天看书看不成学霸，只会成为没女生要的书呆子。"秦昊笑着搭上了我的肩膀，继续劝说，"晚上去解剖室可以锻炼胆量，而且以后当了医生难免有夜间手术，这次就当提前练习。"

我推了推眼镜，不理会他，径直走进了实验楼。

夜晚的实验楼十分寂静，只有教室走廊里还亮着昏黄的灯光。窗外的树叶影影绰绰，看起来就好像舞蹈着的鬼影。一楼走廊的墙壁上挂着一排照片，展出的是百年来的杰出校友代表，有一半人已经入了土，我看了他们一眼，然后淡定地从这排"遗像"前走过。

"酷！"秦昊吹了一声口哨儿，吓了我一跳。看到我害怕，他仿佛极其得意，笑得一口白牙都在打战。

"哥们儿，咱们俩今晚做的事情实在太刺激了。回去得和那帮家伙好好地吹吹！"秦昊再一次搭上了我的肩膀，我不动声色地避开。

看到我害怕，他仿佛极其得意："对了，你见过鬼没有？你知道怎么区分鬼和人吗？听说，鬼没有脚，也没有影子。"

秦昊为了吓我，说着惊悚的话题。我冷冷地回他："我只听过老家的一个说法，半夜不要讲鬼故事，会短命的。"

秦昊一愣，后面的话便说不出来了。过了片刻，他不甘心地问我："怎么个短命法？"

"鬼有耳朵的，他们听得见。他们一直在找替身，听到你的呼唤就会来找你。"我们已经走到了三楼，最里面的一间就是当年出事的解剖室。此刻，解剖室的门关着，隐藏在昏暗的走廊尽头，看起来就如同通往另一个世界的门。

那间解剖室对面是药剂室，我推门进去，秦昊不解地跟着我。我在一排橱柜前站定，拿出了一个无色透明的玻璃瓶，上面是一连串的英文标识，我拿着它，轻轻一笑。

"秦昊，当年也有两个人在夜晚一起进了解剖室，但只有一个人活着走出去了，而那个人就是中了这种药的毒！"我慢慢地说道，"秦昊，你知道吗？那位死去的学长也获得了去美国做交换生的机会。你说，他会不会不甘心，想找替身？"

"小子，你居然也会说笑了，听得我汗毛都竖起来了。"秦昊没有察觉我的异样，我不动声色地拧开药瓶，对面解剖室的门却忽然被风吹开了。

解剖台旁边坐着一个面色苍白的人，我觉得他面熟，却想不起来在哪里看到过他。而解剖台上躺着一具干瘦的尸体，我情不自禁地朝那个房间走去，却在看到尸体面目的时候停住了脚步。那具尸体居然和那个坐在解剖台旁边的男人长得几乎一模一样。

"你看，那个人。他没有脚，也没有影子。"身后，秦昊幽幽的声音如凉风般爬上我的背脊。我循着他的声音望去，只看到那人空荡荡的还在晃动的裤脚。

【已死去的学长】

看着这一幕，我感觉灵魂都被抽空了。我的身体不自觉地僵硬，只能无谓地咽着唾沫，借此掩饰内心的恐惧，我绝对不能让秦昊看出我的胆怯。

那个坐在解剖台旁边的男人，缓缓地转过头，他的眼神落在了我身上。他的眼神有些空洞，目光也平静无波，仿佛看透了生死。哦，不对，他不是看透了生死，而是如同已经死了一般，那双黑白分明的眼睛里居然看不出任何情绪，寂灭如尸。

顿时，一个激灵，我浑身的鸡皮疙瘩都冒了出来。我告诉自己，别看他，可无论我如何拼命地想避开他的目光，都无法控制住与他对视。

或许是太恐惧了，我的手抖得厉害。终于，我察觉出了不对劲，低头看去，发现原来是秦昊。那个讨厌的家伙正一脸惊惧地拉着我的胳膊，他不停地摇晃着我的手，我被他摇得有些心慌意乱，他却浑然不觉我的不悦。

秦昊哆嗦着问我："哥们儿，你看清楚了没，那人是不是和那尸体长得一模一样？你说他是人，还是……"

"是鬼。"我把秦昊的话补充完，随着秦昊的一个战栗，我的心里也"咯噔"一下。我忽然想起了老家的传说，夜晚是不可以说"鬼"字的，会短命的。这绝对不是我杜撰出来吓唬秦昊的胡话，而是家中长辈一直以来对我的忠告。

我的老家在赣南，那里地广人稀，一直流传着各式各样的鬼故事。从小我的母亲便教育我："夜半不说鬼，半夜鬼不惊。"可偏偏我四叔是一个胆大包天且不信邪的人，为了吓唬我们这帮孩子，他总爱在夜晚讲鬼故事。

那天是盂兰盆节，民间一般叫这一天"七月半"。家家户户都在焚烧纸钱，祭奠先人，那一晚四叔来我家里喝酒，醉醺醺地便给我们几个孩子讲故事。他给我们讲了一个溺死鬼的故事，还告诉我们，如果有人死得不甘心，必定会找到一个替身，让他用相同的方式死去，如此才能疏解其心中的怨气。这便是为什么一些地方发生过交通事故，便会总发生交通事故，最后不得不挂上一块"事故多发地"的警示牌来提醒人。在我们那个村子里，有一个水塘，每年夏季都会淹死人，四叔便说那是溺死鬼在找替身。那个故事当初并没有吓到我，真正让人觉得诡异的是，四叔在给我们讲完那个故事后便溺死在了那个池塘当中。老一辈的人说，四叔是讲这些溺死鬼的坏话被它们听见了，所以被捉去当了替身。当然，一心学医的我是不信这些迷信说法的，四叔那一晚喝得很醉，谁知道是不是他晚上走夜路看不清楚，才不小心掉进去的？

我一直坚信着这个世界上没有鬼，也不相信四叔是死在了鬼的手中。但是此时此刻，当我在深夜的解剖室看到一个和解剖台上的尸体长得一模一样的人凝望着我，再如何不信鬼魂的我都开始畏惧了。当然，秦昊的反应比我更加剧烈，他一把牵过我的手，大声道："快，快跑！"

秦昊的力气很大，不愧是经常健身的人。他一路拽着我，拽得我胳膊生疼。我们狂奔在深夜的医学实验楼中，走廊昏黄的灯光在此刻看起来更加诡异。我和秦昊一路不敢回头，只知道没命地往前狂奔。墙壁上的杰出校友的照片，一排排地自我们身旁向后倒退着，我感觉此刻的自己好似奔走在一个个墓碑前，一种阴森森的感觉始终萦绕在我的身边。

我不自觉地将目光从那些照片上扫过，忽然，一幅照片引起了我的注意。我猛地停住了步伐，我的动作让秦昊也一个踉跄，他有些焦急地回头看我："你怎么停了，怎么不跑了，你是不是跑不动了？"

他半蹲下身子："上来，我背你！"

我没有回答他，只是目光死死地盯着墙壁上的照片，似乎恨不得用眼神在照片上戳出一个窟窿来。

照片上的男人很年轻，眉清目秀，气质温润。他戴着一顶学士帽，鼻梁上还架着一副眼镜，他的嘴角挂着淡淡的微笑，整个人给人一种如沐春风的气质。明明是这般阳光的照片，我却觉得格外地冷。

无论气质如何截然不同，我依然能够认出这个男人。我终于知道我为什么觉得刚刚在解剖室里看到的那个"人"那般面熟了，原来那个男人和照片里的人长得一模一样。我的目光落在了照片后的落款上——苏润城，2003级临床医学专业。

照片右面，是一长串的奖项。但是这些荣誉并不能驱散我的恐惧，我半张着嘴，大口地呼吸着。我看到了照片下的一串数字：1983—2007。

相信任何人都明白这串数字的含义。苏润城，生于1983年，卒于2007年。2007年，那不正是八年前吗？我扫过那一长串的荣誉单，上面赫然写着"赴美交换生"的字眼。我终于明白了，"午夜解剖室"的传闻并非虚构。苏润城拿到了赴美留学的指标，却意外死在了解剖室中。设身处地地想想，若是我，恐怕也难以甘心吧。

死得冤枉的人，魂魄会逗留人间，一直寻找着替身……

不知怎的，我忽然便想起了小时候四叔对我说过的话。

一定是的，那个男人便是死去的学长苏润城。他一直徘徊在解剖室中，他在寻找着替身！他会杀了我，杀了秦昊，杀了这些在深夜闯入他领地的人。

咕噜！

咕噜！

身后传来了奇怪的声音，似硬物摩擦着光滑的地砖。声音是自解剖室中传出的，我不敢回头，我知道，那是苏润城，他来了，他来找替身了！

我一步步地后退着，畏惧地看着那扇即将打开的门。

【我与秦昊的故事】

不行！我如此年轻，我绝对不可以死在这个地方！

对了，鬼找替身也只会找一个人。是不是只要秦昊死了，我便能活下去？

秦昊依然拽着我的手，而我另一只手就握着那瓶剧毒之药。我扭头看向秦昊，想必此刻我的表情有些狰狞，秦昊有些被吓到了。我更坚定了心中的念头，杀了秦昊，只要秦昊死了，这只鬼的怨恨和不甘便会消失，我便能得救。而且，只要秦昊一死，赴美交换生便是我的囊中之物了！

恶毒的念头一旦开始萌芽，便再也压抑不住。我的手开始用力，准备拧开手中的瓶子。就在我将要拧开瓶子的时候，身后传来了"吱呀"一声，解剖室的门开了。

我和秦昊的注意力都被吸引，朝着门口看去。秦昊看了我一眼，忽然冲到了我的前面，他用整个身体将我护住："别怕，到时候他出来了，我便先拖住他。你赶紧跑，跑得越快越好。唉，平时让你多锻炼吧，你跑得快吗？"

秦昊的埋怨在此刻听起来一点儿也不刺耳，相反，却让我有一种泪流满面的冲动。我的手再一次僵住了，他的话将我所有的力气抽空，我再也没有办法拧开那瓶药，和秦昊相处的点点滴滴，如同慢电影一般，一一在我脑海中浮现。

我自幼体弱，从小就经常生病，一直以来便没有办法和小朋友们玩到一起。便是因为这个缘故，我的性格很孤僻，也没有朋友。我学医，就是想让身体变得健康。我羡慕在操场上恣意奔跑的人，羡慕那些肆无忌惮地大笑的人。

我考到了这所全国闻名的大学，还记得刚到学校的时候，我一个人提着一大包行李，吃力地走着。秦昊便是在这个时候出现的，他一边嘲笑着我不像一个男人，一边又主动帮我提起了行李。我一点儿也不感激他，因为他总是说我短胳膊短腿的，若是留着长头发，带出去说是他媳妇也有人信。这样的玩笑话，让我和他结下了梁子。但秦昊仿佛一点儿也不知道我对他的厌恶，他总是自以为是地摆出和我哥俩儿好的模样，搭着我的肩膀喊我"哥们儿"。每一次体育活动，他都要喊上我，当我明确表示不想参加的时候，他还会厚颜无耻地说："那你做我的啦啦队吧。"他永远不知道我站在那群疯喊着加油的女生中间看着球场上的他耍帅的时候，心底的屈辱。他总是劝我参加集体活动，我却更加厌恶他那张灿烂的笑脸，可惜哪怕我对他冷眼相待，他也浑然不觉。

是的，我厌恶秦昊。

但是，所有的厌恶又何尝不是一种羡慕到极致的嫉妒呢？那个永远乐观，永远开朗，永远可以飞驰在操场上的身影，便是我童年一直渴望成为的样子啊！

我羡慕秦昊的聪颖，羡慕他不用花太多时间便记住所有的功课，不像我，只能靠着埋头苦读去获得那些荣誉，因为除了荣誉，我再没有别的资本去争取一丁点儿的自尊；我羡慕秦昊朋友多，一呼百应，不像我那般孤僻，似乎除了一直赖在我身边的他以外，竟然找不到一个朋友；我羡慕他的阳光开朗，他永远那么充满正能量，不像我总是把自卑与沮丧埋藏在心底。我羡慕着秦昊，因为和秦昊在一起的时候，我会无比痛恨内心阴暗且懦弱的自己。

今天晚上，我其实是预谋好的。和秦昊打牌输了之后，我便提出要来实验楼。那天，我刚好听说了学校八年前发生的事故。这件事情给了我很大启发，如果秦昊和那位学长一样发生了意外，是不是他便可以从我的人生中消失？是不是我可以代替他，成为赴美交换生，开始新的人生？

我抬头看了一眼挡在我身前的秦昊，他并非第一次这么做。我和秦昊在同一间寝室，平时他便没少帮我。我发烧烧到四十摄氏度的时候，是他连夜把我背去了医务室，又在我身边守了一整夜。我被同学们排挤，他们嘲笑我是个病夫的时候，也是他站出来，与那些人对峙，并告诉他们，我是他的朋友。

朋友，秦昊是我唯一的朋友。

我内心一直知道，我从未真正地厌恶过秦昊，我是讨厌他的善良与美好，因为那会衬托出我的阴暗与恶毒。我怎么能将自己生命中这么难得的美好扼杀掉呢？我怎么能对自己唯一的朋友下手呢？

我握着药瓶的手，松了又紧，紧了又松，不知所措。在我的内心还在挣扎的时候，解剖室的门终于完全开了。

咕噜。

咕噜。

那声音越来越近。

我睁大了眼睛，浑身肌肉绷紧。秦昊侧了侧身子，将我完全挡在了身后，因为他高大背影的阻挡，我看不见前面的景象。但在他将我保护在身后的瞬间，我终于下定了决心，放弃了拧开那个药瓶。

我不能杀秦昊，我不能向自己内心的阴暗屈服。我决定了，勇敢一次，不再做自私的自己。我一把拉开秦昊，上前一步，与他并肩站立。

"要走一起走，要留一起留。"我看着秦昊，一字一句地说道。

秦昊先是一愣，随即温暖一笑。

那一瞬间，我心情很好，甚至都忘记了恐惧。全身便这般放松了下来。原来，和自己过不去的不是秦昊，而是我自己。我第一次感觉到，要战胜自己并非那么难。只要去做，我便可以做到。我一直在用秦昊做借口，为自己的怯弱找各种理由。但此刻，我终于勇敢面对。

我抬头，朝着解剖室的方向看去。此刻我并不害怕，因为心中已经是光明的了，便不用畏惧鬼魂。在看到来人的一瞬间，我和秦昊都愣住了。

眼前的，不是鬼。

【苏润城与苏润池】

咕噜。咕噜。

一个男人坐在轮椅上，摇着轮椅出了解剖室，轮椅与瓷砖摩擦着，发出了规律的咕噜之声。尽管面前的男人与墙壁上挂着的照片中的苏润城一模一样，但是我能够确定，自己看到的绝对不是什么鬼魂，而是活生生的人。因为他有着和人一般充满了生气的眼神。

"抱歉，刚刚我在解剖室是不是吓到你们了？我不知道这个时间还会有人来医学实验楼，真的很对不起。"轮椅上的男人开口，声音带着些许沙哑，却很好听。他把轮椅摇得近了一些，我的目光落在了他胸前的工作牌上，上面写着：医学实验楼首席药剂师——苏润池。

苏润城、苏润池。

我在心里重复着这两个名字，从这两个相似的名字中，我已经猜到了是怎么回事。这个男人接下来的话，证实了我心底的猜测。

"我叫苏润池，负责管理医学实验楼的药剂室。解剖室中的那具尸体是我的孪生哥哥的，也只有这个时间点，我才可以安静地和他说一会儿话。却没想到这么巧，你们来了这里，没被我吓着吧？"

秦昊彻底地松了一口气："原来是苏老师啊，我知道您想念哥哥，不过人吓人真的会吓死人的。"

看着秦昊摸着胸口的样子，轮椅上的男人笑了笑："不会的，我觉得你命挺大的。这不，今天你还死里逃生了。"

"别开玩笑了，苏老师，这算什么死里逃生啊！"

秦昊笑道，我却浑身紧绷了起来，我知道这个男人说的话是什么意思。刚刚，我看到他的目光扫过了我手中的药剂瓶，虽然只有一秒钟，但是相信一位职业药剂师不可能不知道我手上拿着的是什么药。在他看向我的时候，我甚至觉得他已经洞穿了我所有的心思。我有些紧张且忐忑地看着轮椅上的男人，我不知道他会不会当场拆穿我。

"时候不早了，你们早些回寝室吧。对了，这位同学可以帮我把药剂室整理一下吗？"男人对我说道。

"老师，还是我来吧，他身体不好，不能做重活。"秦昊抢着道。

"不用了，不是什么重活。他一个人便可以了，我喜欢清静。"男人说完，不等秦昊回答，摇着轮椅便回了药剂室。

我已经没了选择，只得冲秦昊使了个眼色，让他先走。对方把话说得这般直接，秦昊也不好强留，他对着我挤了挤眉毛，示意我一个人要小心。

我跟上了那个男人，推着他的轮椅，走进了药剂室。一进去，他的目光便落在了我的手中。我连忙将药瓶放回了架子上，他这才笑了笑。

"你知道这药多可怕吗？"男人问我。

"我知道，便是这种药夺去了苏润城学长的生命。"

男人摇了摇头，他盯着我，冰冷的目光让我浑身毛毛的。

"你知道我是谁吗？"他解下了身上的工作证件，"我不叫苏润池，我叫苏润城。"

一刹那，我感觉自己的血液都冻结了，我难以置信地盯着眼前的男人，感觉自己的呼吸都变得有些困难。

他看着我，然后笑了笑，一字一句地问道："你怕鬼吗？应该是害怕的吧。其实你知道的，它一直跟着你，如影随形。"

【往事与真相】

我紧张地看着眼前的男人,不知道该称呼他苏润城还是苏润池。我等待着他说出接下来的话,如同等待着法庭的审判,等他告诉我,未来我是成为囚徒还是获得自由。

"那只鬼一直住在你心里,你所有的妒忌、仇恨、怯弱、自卑,化作了你心中的鬼,随时可能吞噬真正的你。"男人一声叹息,继续说道,"不过你很幸运,你摆脱了它。那个男孩恐怕不知道,他差一点儿就丢了性命吧。唉,我便没有你们那般幸运了。"

我浑身紧绷,看着眼前的男人。男人开始给我讲关于他的故事,随着他的叙述,那个故事的轮廓渐渐成形。

故事要从一对孪生兄弟开始讲起,两兄弟同样优秀、出色,他们所有的功课都是第一。但是兄弟俩有着截然相反的性格。苏润城乐观开朗,朋友遍天下。而苏润池则不同,他沉默、孤僻,除了自己的孪生哥哥,连一个说话的人都没有。

苏润池从小便嫉妒自己的哥哥,他一直幻想着,可以去到一个陌生的地方,一个没有苏润城的地方。他要在那里重新开始,做自己。他一直寒窗苦读,希望有机会去美国留学。但是一切希望都在哥哥苏润城拿到赴美交换生指标的那一刻崩塌了。

苏润城夺走了苏润池最后的希望,苏润池恨自己的哥哥。他想到了一个周详的计划,一个可以杀死苏润城,替代他的计划!

有一天晚上,苏润池将苏润城骗到了解剖室内,他想用那瓶剧毒的药剂杀死苏润城。然而他没有想到毒药扩散得那般快,便是他自己也难逃一死。最终,苏润城逃了出来,却在逃跑的时候跌断了双腿。而苏润池,却永远地死在了他心中那只恶鬼的手里。

眼前的男人看着我笑了笑,然后晃了晃手中的工作证:"我那个傻弟弟啊,以为自己一直活在我的影子中。他想取代我,可是最终他没想到，在我心中他比我重要得多。如果他不想做自己，我便代替他，替他活下去吧。活得成功，活得优秀，活得开朗，活成那个他最想成为的、耀眼的苏润池。"

我震惊地听着这个故事，故事的结局那般哀伤，我转头看向停尸房。那具尸体安静地躺着，因为嫉妒，因为心底的恶念，一条活生生的生命就此远离。我又看向眼前的男人，这个可怜的哥哥，因为心底的爱与善，最终让自己的生命以另一种方式存活。

【尾声与真正的真相】

我不知道自己是怎么离开那栋医学实验楼的，直到我回到寝室，我脑海中还回荡着那个男人的话："你该庆幸，你还活着，没有被你心底的恶鬼杀死。"

那一夜，我睡得出奇地安稳。睁开眼的时候，窗外已经是明媚的阳光。秦昊买了油条豆浆给我，还向我道歉，说不该和我打赌，不该什么事情都不考虑我的感受。我冲着他笑了，对他说："哥们儿，一起去自习吧。"

我看到秦昊整个人僵住了，似乎不敢相信我对他的态度会这般好。我看着他呆呆愣愣的样子，心中更觉得温暖。原来，改变并不是那么难。

后来，我在秦昊口中听到了那个故事的另一个版本。苏润城与苏润池一起去了解剖室，不小心打翻了药剂瓶。在危急关头，苏润城将弟弟推了出去，自己却没能活下来。而苏润池也因为那次事故，失去了一条腿。因为对哥哥的感恩与愧疚，他幻想出了第二重人格，他觉得自己就是苏润城，因为他想代替哥哥活下去。他成为学校最年轻、最优秀的药剂师，但是至今，他还在接受着心理治疗。

到底那个男人是苏润池还是苏润城，已经不重要了。

我终于明白，"懦弱、孤单、平凡"这些曾经属于我，被我厌恶的标签，却是活生生有血有肉的自己。我何必去憎恨、去厌恶它们呢？无论是耀眼的还是黯淡的，这些都是将我与他人区分的特点。若没有了这些，我又是谁呢？

我推开寝室的窗户，远远地看着对面的医学实验楼。解剖室的灯暗着，窗台前站着一个男人，正对着我挥手告别。昨夜的男人是坐轮椅的，不可能站在窗台前，那这个冲我挥手的人是谁？我看向了他的脸，那是我自己的脸。

最可怕的鬼，住在我的心里。如今，我已经告别了它。只要心中有善念，我便不必再畏惧它们。

游戏鬼屋 NPC 的忧郁

文 / 冷亦蓝

　　我喜欢大海，大海能给我带来宁静，无论多大的痛苦在它面前，都变得不值得一提。他的头枕在她的腿上，睁开眼，又看了她一眼，笑笑说："我喜欢你，你能给我带来快乐，无论多大的忧愁在你面前，都变得无足轻重。"

——冷亦蓝

【1】

墙壁上的鲜血一路蔓延到白色的地砖上,冰冷的器械闪着寒光,阴暗的手术室中,只有惨白的无影灯亮着,这点儿光芒投射在手术台上,台上的病患腹腔大开,露出森然可怖的内脏。

仔细看去,那位病患悬在手术台外的脚有节奏地抖动,一声无聊的叹息之后,她忽然坐起来做吓人状,假腹腔里的硅胶内脏稀里哗啦地淌出来,她听见监控器里师兄的声音:

"萌萌,别闹,塞回去、塞回去,一会儿有游客来呢!"

邱萌熟练地把硅胶脏器塞回去,百无聊赖地躺在手术台上,看着头顶的无影灯,听见隔壁的尖叫声此起彼伏,有点儿想笑。

邱萌是这家鬼屋众多NPC(非玩家控制角色)中的一员,也就是在鬼屋里专门吓人的工作人员。她的手术室在鬼屋的第三层,很少有人能走到这里,所以工作还算比较轻松。在走廊里装僵尸的琪琪羡慕死了邱萌的工作:"你只要躺着就能领薪水!哪像我啊,走来走去头发遮着眼睛看不清路,不但要提防着别撞墙,还分分钟被壮汉殴打,再这样下去我真要辞职了!"

确实,比起在走廊乱晃围追堵截游客的琪琪来,邱萌的工作简单至极,因为一般人推开手术室的门,只要看一眼——有时候她根本来不及坐起来对方就已经尖叫着夺路而逃了,一步都不会踏入,所以基本上没有挨打的危险。

　　说起来,邱萌在这座鬼屋工作也有一年多了。这座鬼屋原本是位置比较偏僻的废弃烂尾楼,前年被改造成鬼屋,鬼屋外形是三层的医院,投资方也挺下血本,道具、装修都跟医院一个样,候诊室、血库、检查室、手术室、停尸房等要素一应俱全,灯光声效极尽吓人之能事,邱萌被学校师兄介绍来这里实习,本以为大公司待遇优厚,谁想到工作地点太惊悚,即便她一贯胆大也有点儿犯怵,刚开始工作的时候略有压力,工作一周之后她彻底适应,甚至她还会被游客们夸张的反应逗笑儿,师兄常常因为笑场这事儿批评她,说她不知道是胆大呢,还是心大。

　　她这没心没肺的技能也是被逼的。邱萌三岁的时候父母离异,烫手山芋般被父母推来推去,谁都不想要她,最后只能跟姥姥一起生活。姥姥是位性格开朗的老太太,说话幽默风趣,邱萌心情不好的时候姥姥就讲笑话逗她,姥姥总跟她说:"萌萌,这世上有什么不能一笑了之的呢?"

　　就连高中的时候被暗恋对象在众目睽睽之下泼了一身墨汁,她也没有哭,而是在对那位高大英俊、曾经被她视为男神的家伙的膝盖上狠狠地踢了一脚,笑吟吟地说道:"嫉妒我比你白是不是?是不是?"

　　踢完她就跑了,躲在厕所里哭了一节课。

　　所有看似没心没肺无坚不摧的女金刚背后都有一段不忍卒读的血泪史,从那以后她彻底成为跟姥姥一样的开心果,高考录取通知书下来之后,她笑嘻嘻地硬是从已各自组建家庭的亲生父母那里把学费抠了出来。

　　不给我爱,就给我钱。这是她找父母谈判的中心思想。

一边念书一边打工赚钱，邱萌实在是个能吃苦的人，大学四年不但没跟姥姥伸手要过生活费，反倒用余下的钱给姥姥买了好多东西。这份工作也是因为待遇好她才来的，姥姥最近关节炎犯了，洗不了衣服，她准备用工资给姥姥买一台进口滚筒洗衣机。

今天就是发薪水的日子，她只差一千块就攒够买洗衣机的钱了，想一想还有点儿小激动呢。

"萌萌，客人快到门口了，准备好。"师兄在监控器中指挥她，她忙准备就绪。

看我不把你吓得屁滚尿流！

门被轻轻地推开了，时间好像凝滞了一般。

邱萌在手术台上坐起身，看到来人的那一刻，她惊讶地瞪大了眼睛，泪水瞬间决堤，她紧紧地捂住了嘴，但还是没能控制住那声惊呼。

"啊——"

手术室的灯瞬间熄灭，监控器里传来师兄焦急的问询："萌萌！你怎么了？萌萌，快回答！"

漆黑之中，一片寂静。

【2】

四下忽然的黑暗很明显让各处的NPC也吓了一跳，外面传来凌乱的脚步声和尖叫声，而走进来的这人，没有发出一点儿声音。

这是什么鬼！对工作经验丰富的鬼屋NPC来说，能够吓到她的东西真的不多，但此时此刻，她不得不承认，她被吓到了。

因为面前的这个人不是别人，正是——她自己！

她的梨花头！她的标志性笑容！她自拍时的剪刀手！

哎，等一下，剪刀手？

借着安全通道的微弱绿光,她再细细看过去——面前这个人分明是把她的照片彩扩之后贴在脸上的!

"打你个死变态!"她气得大吼,抄起自己身上的硅胶心脏就冲来人丢过去,对方也不闪避,轻松地将那心脏接在手里,她听见了那人轻轻的一声笑。

是个男人!

那人把脸上的照片面具缓缓摘下,露出一张白皙俊秀的脸,他微微挑了挑眉,掂量着手里的硅胶心脏:"想不到这东西做得还挺逼真的。"

邱萌脱下道具服,硅胶内脏稀里哗啦地淌满手术台,她跳下去一直走到他面前,抬起头瞪着他:"陈慕白,把照片还给我。"

陈慕白,她的高中同桌,少女时期梦中的男主角,远近闻名的校草,班上女生的梦中情人。就是他,在收了她一封情书之后没多久,在众目睽睽之下泼了她一身墨汁,被她狠狠踢了一脚后,两个人就再也没见面。

这一别就是两年。那次很不愉快的告别之后邱萌办了转学手续,家里座机电话也换了号码,和那个班级的同学们,也大多没有了联系。

面前的陈慕白似乎没有多大变化,仍是记忆中英俊潇洒、迷倒万千少女的偶像模样,见她气势汹汹地伸出手要照片,他微笑着耸耸肩,把那张面具照片交到她手上时,还不忘戏谑一下:"邱萌,我以为你天不怕地不怕呢,原来你也怕你自己啊。"

"你的腿好了?"她做了一个要踢他的动作,他吓得后退了几步,眼中似乎还有未消的阴影。

"哟,真怕我?"邱萌看到他那么大个头吓得连连后退,忍不住就笑了起来。

陈慕白心有余悸："我当年泼你一身墨汁不是故意的。可你是故意踢我的，你踢折了我的腿，我打了三个月的石膏，拄了半年的拐，邱萌，我是来跟你要医药费的。"

说到这里他近身一步，居高临下地贴在她面前，以一种暧昧的姿态："连同精神损失费，一百万吧。"

"什么？"她气得尖叫了起来。

此时此刻，来电了。手术室的门"咣当"一声重重推开，师兄以迅雷不及掩耳之势冲过来抱住了她："萌萌，你没事吧？"

【3】

邱萌对面的陈慕白看着他们两个人，清冷地笑了一声："你男朋友？"

师兄满眼敌意地将邱萌挡在身后，一副狗血三角恋的架势迎战："是又怎么样？"

陈慕白仍是笑吟吟地："你女朋友把我打成残疾，欠我的医药费有一百万。你这么体贴，不如替她还了吧。"

师兄一时间有些恍惚，他问询似的看了看邱萌，她露出了一丝底气不足的表情："其实我不是故意的……"

师兄此时的表情就有些微妙了，惊讶中夹杂着猜疑，好像在揣度他们二人之间的关系。

陈慕白走过来拉住她的胳膊往自己怀里一带："当年我跟她是同桌，我们青梅竹马真心相爱，之后我发现她劈腿另一个男生，那时候我很生气，随手要泼那个男生，谁知她挡在前面，然后我不小心泼到了她，然后她就把我的腿踢折了。萌萌是跆拳道黑带，你不知道？"

师兄用一种"清官难断家务事"的表情看了看他们两个人，叹息一声退了出去。

阴森森的手术室里，终于只剩下他们两个人。

陈慕白很和气地拍了拍邱萌的肩膀："难得老同学来找你，不如请假带我四处逛逛。哎，今天是你发薪水的日子吧？"

她恨不得一头撞在手术室的门上：她就不该在微博上太嘚瑟！

可这个陈慕白是怎么偷偷关注了她的？

心中有苦说不出。她就这么被他押着去领了薪水，整整一千块，只要加上这一千块，她就可以给姥姥买一台滚筒洗衣机……

可她眼睁睁地看着这一千块里面的一百块成了她和陈慕白的晚餐费。

"我也在这座城市。"餐桌对面，朦胧灯光下的陈慕白对她微笑，"在你隔壁的医科大学，没事我会经常来找你的，你不用太客气。"

她这才知道他低她一届，当年因为被她踢伤住院而耽误了学业，不得已复读一年，只是没想到他好死不死地非要来到她所在的城市，他到底想做什么？

"说真的，你能不能还上我的钱？"陈慕白交握的双手支撑着下巴，他就那么含着笑意看着她，那一瞬间，邱萌好像回到了芳心悸动的少女时期，那时候，他的一个笑容就能令她沦陷其中，再不得脱身。

"你看我值多少钱？"邱萌白他一眼。

如果话题不是讨论还钱而是其他浪漫的事情的话，她或许真能好好考虑一下……

"也差不多一百万。"陈慕白忽然敛了笑容，"那，你就做我女朋友吧。陪着我，一直到我死。"

一直到死？

为什么要加如此惊悚的期限啊？

【4】

愧疚加上迷恋,邱萌虽然有挣扎也有矜持,也曾欲迎还拒地搞了点儿小伎俩,但在陈慕白提出处对象这个建议五秒钟之后,她马上就点头同意了!

她的挣扎矜持和小伎俩,只有五秒钟而已!

五秒钟之后,她就乐滋滋地牵起了他的小手:"亲爱的,你看你都是我男朋友了,那么这顿饭是不是应该你……"

陈慕白眼皮都不抬地断然说道:"滚。你请。"

太不给面子了!这以后还能不能快乐地在一起玩耍了!

其实以前在高中,邱萌没有爱上陈慕白之前两个人就是同桌,陈慕白身边的位置是千金难买的黄金席位,老师隔绝了一切对陈慕白犯花痴的女生,唯有邱萌,相貌平平性格开朗,平日里就是绯闻的绝缘体,所以一干人等前仆后继屡攻不下的碉堡陈慕白,就这么轻轻松松地分配给了邱萌。

邱萌对此不以为意,她始终觉得男生不必太帅,有才华就好。

然后她慢慢地发现了陈慕白的才华不比他的外貌逊色,他写得一手好字,时常在市里拿奖得奖金,每次拿到奖金,他总会拍拍她的肩膀说:"走,兄弟,去学校门口吃串串。"

长得帅,又有才,讲义气,不小气。陈慕白除了脾气坏一点儿嘴毒一点儿之外,真就没什么缺点。

在化学实验室里看着陈慕白认真做实验的神情和标准的姿势,邱萌忽然就觉得自己以前鄙视爱慕陈慕白的女生,认为她们只看脸没品位,可此时此刻,她陷入了深深的自我嫌弃之中。

因为她也好像……喜欢上了陈慕白。

但他好像就不怎么把她当女生,一起去打篮球的时候,他一点儿相让的意思都没有,有一次上篮的时候身体冲撞,她被他撞倒在地,摔破了膝盖，他满怀歉意地背她去医务室处理伤口，邱萌很不高兴地问为什么不让着她，陈慕白挠挠头就笑了："让了你我就输了啊。"

身边之人对于他们俩之前的友情毫无怀疑，邱萌此前没发觉自己的相貌如此安全，她和陈慕白每天出双入对，同学们还认为他俩是好哥们儿。

没准儿，陈慕白也是这么想的吧。

邱萌跟闺密说自己好像喜欢上了陈慕白，闺蜜忙规劝她："千万别想不开告白，要是告白了，你们就连朋友都做不成了！"

邱萌又憋了一年，在座位分开之后，她终于忍不住亲手把情书塞在陈慕白手里，陈慕白最开始还以为是球票呢，结果看着看着脸色就变了，当时落荒而逃。

是的，他在她面前，丝毫没有大男子气概地跑了。

一句话都没说，就跑了。

邱萌这就知道自己是被他甩了。

甩就甩吧，反正她和新同桌也蛮谈得来的，之后陈慕白就开始躲着她，走在她身边都很不自然，她也索性不再难为他，和新同桌开开心心地一起去学校门口吃串串，一起踢足球，而且她发现她踢足球的天赋还挺不错，虽然体力不比男生踢完全场，但做个替补队员踢半场还是没问题的，而且她上场男生都不太敢靠近，以至于她长驱直入，一脚定乾坤。

篮球队那边自然就退了，高三精力有限，她也玩不起那么多运动，再说也免去了跟陈慕白见面的尴尬，一举两得。

化学实验的搭档她也换成了跟同桌一起，把陈慕白一个人晾在身后，和同桌哈哈大笑，把实验课搞成了相声剧现场。

在一次做班级板报的时候，陈慕白是书法主力，她和同桌被老师叫去给他打下手，结果两个人又说相声似的笑了起来，连纸都没抚平，于是陈慕白在众目睽睽之下，一桶墨汁就泼了过来——

她本能地挡在同桌前面，正好接了个正着。

之后就是结下梁子的那一脚。

【5】

陈慕白表示，邱萌和那个小三儿实在太碍眼，邱萌不是刚刚给他递了情书吗？他还没完全消化这个事实呢，她又勾搭上了个第二志愿，明显是不把原配当回事啊，尤其他们二人在大庭广众之下不顾风化说相声，再嘚瑟下去就要唱上二人转了，太影响他的书法发挥，害得他写错了字，当时他就气不打一处来要泼那个小三儿一身，谁知道邱萌欠儿欠儿地挡在他面前，还不乐意了，还踢他了，长本事了啊这是……

陈慕白又表示，他花了一年的时间才想清楚，和她在一起，似乎也没那么坏。

他还主动提出要去见见邱萌的家长。

爸妈就别提了，从他们那儿抠出来的钱还热乎着呢，拿了那么一大笔钱他俩比谁都肉疼，此时见面跟仇人相见没什么两样。

思来想去，也只能带他去见见姥姥了。

邱萌的姥姥八十岁高龄，身体却还康健，邱萌每年寒假暑假各回去一次，于是这个暑假，邱萌带着陈慕白一起回了姥姥家。

一进门，姥姥就使劲儿拍陈慕白的肩膀："好孩子！外孙女婿，今天总算见面了！"

这副自来熟的样子是怎么回事？

姥姥指着卫生间高大上的滚筒洗衣机夸赞道："这孩子还特意给我买了洗衣机！打电话过来问我好不好用，真是贴心仔细！"夸完之后，姥姥不忘在邱萌身上补一刀："萌萌，他比你强多了。"

邱萌瞬间不知道如何应对，没想到陈慕白竟然能直指后方，先她一步兑现了承诺，在姥姥心中留下了十分靠谱儿的印象，怪不得他这段时间时常找她胡吃海喝之后AA（均摊付款），原来是故意不让她攒够钱！

简直心机深沉，深不可测！

在姥姥家住了一个礼拜，陈慕白就提议去看看海。

邱萌所在的城市离海有些距离，要坐一天的火车才能到达。她看见他眼中的渴求，便就跟他一起过去了。

他们都不是第一次看见大海，可心中的激动和澎湃难以言喻。

原来陈慕白这么喜欢海。

他在海边散步，捡贝壳，晒太阳，高兴了就跳下去洗个海水澡，然后在遮阳伞下闭目享受，身上挂着一层晶莹的沙子，像名贵的珠宝。

陈慕白最近瘦了很多，但他仍是好看的，低垂着眼帘的时候总给人很温柔的感觉，而当他抬起头看你的时候，你整个人都融化在他的秋波之中了。

"我喜欢大海，大海能给我带来宁静，无论多大的痛苦在它面前，都变得不值得一提。"他的头枕在她的腿上，睁开眼，又看了她一眼，笑笑说："我喜欢你，你能给我带来快乐，无论多大的忧愁在你面前，都变得无足轻重。"

邱萌觉得陈慕白油嘴滑舌极了，他这个人说甜言蜜语的时候，怎么能这么自然、完全不觉得肉麻呢？

陈慕白坦言，他最初被她吸引，就是因为她乐观向上的性格。不管遇到什么事情，邱萌很少会缴械投降，她总是迎难而上，再大的压力和不幸都不会抹杀她的笑脸，从小到大她遇到太多挫折，从小到大她时常被人抛弃，但就算她是孤单单的一个人，她也不会放弃对未来的希望。

"我如果像你这么坚强就好了。"陈慕白微笑着看她,"遇到困难,我总是会消沉,我时常恐惧,恐惧不可知的未来。"

邱萌把他的手放在自己的手上,手心相对,十指相扣:"我也一样啊,任谁遇到难过的事情都无法置身事外,我只是会慢慢调整,让自己尽量学着适应。时间久了,心上就有一层保护膜,伤害来的时候不会那么痛,只是,会痛很久。"

"真的会痛很久吗?"陈慕白握紧她的手,"如果我抛弃了你,你也会痛很久吗?"

"我会踢断你另外一条腿的。"她笑呵呵地吓唬他。

他仍是微笑,俯下身子抱紧了她。

好像抱着世上最珍贵的一件宝物。

那时,她以为,他们会一直这样在一起,伴着潮起潮落,看云卷云舒,赏花开花谢,迎春来春去,就这样紧紧地相拥,一辈子。

她以为的一辈子。

【6】

陈慕白不见了。

他真的如他所说的那般抛弃了她。他仓皇地离开,行李都来不及带,除此之外连只言片语都不曾留给她,一个理由,一句抱歉,一个期限都没有。

她找不到他。他好像从人间蒸发了似的,他的离开和他的出现一样突然,完全出乎她的意料。那天的鬼屋里,灯一暗再一亮后,他出现了,而在某一天,天黑了再亮了,他就不见了。

邱萌四处找他,这样找了足足一个月后,暑假结束了,凉爽的九月开学季,她去了隔壁的医学院,打听到今年入学的大一新生里,没有一名叫陈慕白的学生。

他的一切痕迹都难以追溯,好像一个易碎的千年传说,只轻轻地一碰触,就化作尘土,再不可寻。

邱萌上了一个月的课之后,也办理了休学手续,她休学一年,离开了那座城市,回到了家乡。

她在当地的家政中心寻到了一件活计,照顾双目失明的病人,据中介介绍,这名病人脾气暴躁,打砸东西不说,有时候在气头上还会打骂人,已经有四名保姆不堪忍受而撂挑子走人了,要不是这家人给的薪水丰厚,这名病人真的会被家政公司拉入黑名单。

邱萌应聘了,她什么都不懂,什么都不会,却尽心尽力地照顾着病人,病人的家属十分感激,感激她的不离不弃,在照顾病人满一个月的时候,她照例做好饭菜端上来,丝丝缕缕的香气十分引人食欲,但是对眼前的人而言,食物真的不算什么诱惑。

病人坐在床上,形容枯槁,失神的眸子闪着水泽,目光毫无焦距,他摸索着握住了她的手,颤抖地问道:"萌萌,是你吗!"

他没有用疑问的语气,而是用的肯定得不能再肯定的语气。

下一刻,他哭了出来,双手紧紧地捂住了自己的脸:"你这个笨蛋,你为什么要来?"

邱萌低下头,大滴大滴的眼泪也坠了下来:"笨蛋,不是说好要我陪你,一直到你死吗?你还没死,我就不能不信守承诺。"

【7】

邱萌在找陈慕白的一个月里,查出了很多事情。

比如陈慕白当初住院一年,不是因为被邱萌踢断了腿,而是他忽然晕倒,后来查出了是脑内恶性肿瘤,压迫在重要的血管神经上,无法手术,也无法治愈。

不治之症。他还在那样美好如画的青春年华,却不得不被病魔画上休止符。这一年里,他和家人度过了最珍贵的时光,在弥留之际,他忽然想起了她。

想起那个无论遇到什么事情都乐观面对的女孩子,想起她的笑容、她的坚强,他忽然很想很想她,很想知道如果是她面对这样的事情,会做出怎样的抉择。

他喜欢她。在他将不久于人世的此时此刻,他没有太多光阴可以浪费,但至少,他想再见她一面。

他从她高中唯一略有联系的朋友那里得到了她的微博名称,他默默地关注着她,关注她的一切动态,他知道她雨天没带伞跑进雨帘中的豪迈;他知道她最初在鬼屋做NPC吓得直做噩梦;他知道她和姥姥相依为命,极尽自己的力量打工,只想为姥姥买一台滚筒洗衣机。

那些小小的愿望,那些小小的渴盼,那些小小的挫折,以及,面对它们的小小坚强。

他最终还是忍不住去找了她,日子仿佛回到了从前,无忧无虑,每天只有青春和快乐,他也一度忘记了病魔,如正常人似的生活。

那可能是爱情的力量吧。那力量让他支撑着,好像全无痛苦。

在最后的时刻,他不想留遗憾,与她谈一次轰轰烈烈的恋爱,看一眼她的生活,留下足够多的回忆,就那么坚持到不能再坚持的时刻,他抽身而去。

却不能全身而退。

他的心,有一部分遗落在她那里,再也拼不完整。

可是世上怎么可能有密不透风的墙呢?又怎么会有天罗地网搜索不到的人?你想找一个人,就算他费尽心力抹去了痕迹,你也会顺着蛛丝马迹寻到他的影踪。

只是她知道,他不想她看见自己这个样子。

病入膏肓的陈慕白早已没有昔日的俊朗，他吃得越来越少，身子越来越差，他越来越憔悴，整个人瘦得不成样子，起初他还会暴躁，可到了后来，他连暴躁的力气都没有了。

肿瘤压迫了他的视觉神经，他渐渐地什么都看不见，只能区分夜晚和白天，人站在他面前，他也无法看见，她在照顾他的间隙，从来不跟他说话，他能感觉到对方是个年纪不大的保姆，身上有一股熟悉的气息。

终于有一天，他无意中听见她和父母简短的对话，那熟悉的声音令他一下子打通了心底的经脉：对的，是她，是她。她知道自己身患绝症，在生死一线徘徊之处，无微不至地照顾着他。

邱萌抱住他，泪如雨下："我知道你不想被我看见你现在的样子，但是我只想在这时候守护着你，我不能让你一个人度过如此痛苦的时光，求求你，让我留在你身边吧。"

陈慕白沉默许久，什么都没有说，只是紧紧地回抱住她。

【8】

两个月后，陈慕白去世。他死后的坟前摆满了不知名的紫色野花，邱萌在他坟前坐着，笑吟吟地对着他墓碑上的照片说：

"这种花生命力极强，无论在怎样严苛的环境下都能生存。很小的时候，爸妈还没离婚，妈妈带我去公园总会采给我，这花不但漂亮，而且完全免费。"

如果他还在，一定会嘲笑她小气，可此时此刻，他只是在照片里微微笑着，安静地聆听她的一切诡辩。好像预见了他要说出口的讽刺似的，她又继续自顾自地说起来："这个世界上，很多免费的东西都是最好的东西——阳光、空气，还有……感情。不求索取的感情，难道不是这世上最难得的珍宝吗？"

风吹过野花,发出沙沙的声音,邱萌低头看了看花,就笑了:"你看,你终于学会赞同我了。"

她站起身来,伸手擦了擦墓碑,虽然那上面一点儿灰尘都没有。

"我走了,明年再来看你。"

她转过身,脸上仍带着笑容。

如果这是他所希望的,那么,她会一直这样坚持下去。

他喜欢她乐观开朗的模样,那她就把一切脆弱都掩饰在心灵最深处,每当她想起他的时候,尽量让心痛少一点儿,再少一点儿,让日子不那么难熬。

虽然这样,这伤痛会很长,很长。长到可能用尽她的生命,也没法彻底痊愈。

但,若这是他希望的,她一定会竭尽全力做到。

珍爱馆的秘密

文/蔓殊菲儿

"我请求诸神让你的身体柔软，在冰封的血脉里，鲜血将会如春水潺潺流淌，玫瑰的娇颜绽放在你的唇瓣，多少个日夜的等待，只为你渴望我的深情一吻。"那是象牙仙女成为真人的前夜，她的爱人的深情的唱词，正如他此时的心境。

——蔓殊菲儿

遇见你，就是最对的时候

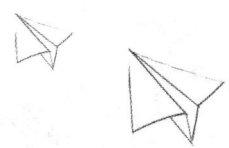

  李云一直在公司楼下的MINNI茶餐厅吃晚餐，他是一家效益不错的软件公司的技术总监，经常加班到九点甚至十点。营业到凌晨两点的MINNI是公司指定吃加班餐的地方，也因他是常客而专为他留出向街那个双人卡座的位置。对面是一家爱恋珍爱馆，专门定制各种婚纱礼服，面向着MINNI的这边橱窗里，立着一个真人大小的婚纱模特儿，苍白的脸颊，着一件齐胸长款婚纱，珍珠在射灯的照耀下晶莹闪烁，美丽的瀑布般的长发垂到腰间，头上戴着玉白色桔梗花编织的花环。

  模特儿跟着季节或坐或卧，永远都是占据那个单间，如同他永远占据着这个位置一样。他有时自嘲，自己不是天天和美女共进晚餐吗？

  这天，吃完饭的李云终于溜达到那个与他共进晚餐的美女面前，这么多日子的相对，他从没好好地看过她一眼。

  那个模特儿并不高，她站在一个天鹅绒的台阶上面，李云注意到她裙端镶满银色水钻的鞋子，这个发现让他吃了一惊，他贴近了玻璃仔细看她，那个模特儿皮肤像陶瓷一样白，长长的睫毛遮住半睁半闭梦幻般的眼睛。"如果是一个活人，该多好。"李云叹了口气，也就在这时，一个情形让他突然颤抖了一下，他从未体验过那种不寒而栗的感觉,因为那个模特儿的眼睛眨了一下。现在已经到了午夜时分,珍爱馆的其他橱窗都关闭了,只剩下这个橱窗,放射着诡异的光芒……

次日晚上,李云又坐到了MINNI的老位置上,他脸色有些疲倦,昨夜没有睡好。他喝了一口热茶,目光又投向了那个橱窗,里面的模特儿已改成了坐姿,她换了一件鹅黄的希腊式的露肩晚礼服,头发被编成了松松的麻花辫,里面编织着珍珠与小花朵,非常漂亮,李云这才想起他从来没有看到她像别的模特儿一样当街换装,但是更大的震惊笼罩了他,他想起了一个埋在心里很久的美人,在读研二的时候,软件学院相邻的外语学院有一个长头发的女孩,肤白而貌美,追求者无数,他还没有来得及找机会向她表白并展开追求的时候,她就如樱花一样刹那消逝。

他一直记得那是圣诞节的学院联欢会,外语学院有一个英语舞台剧,她在剧里扮演美丽的象牙仙女,向众人诉说她的爱情,因为爱上了那个将她雕刻出来且一直陪伴她的男人,她天天在祈求上苍,希望可以成为真实的女人与他相伴,这个希腊神话非常美好,他也看入了迷,但就在高潮的时候,女孩突然控制不住浑身抽搐起来,一下子栽倒在地上,舞台的灯光刹那熄灭了……

他依稀听到一种传言,她得了一种很难医治的怪病,几乎完全瘫痪,再也没办法上学……

从此他再也没有见到过她……

他的心里陡然涌起一股勇气,很少喝酒的他特意叫了一瓶白酒灌了下去,拎起酒瓶走了出去,来到珍爱馆的橱窗前。灯光暖暖,她在里面看着他,是真人还是假人?是活人还是死人?他感到自己正接近一个埋藏了很久的秘密,他感到她在玻璃里面看着他,他清楚地看到有泪水一样的东西从她长长的眼睫处淌了下来。

事不宜迟，他抡起那个酒瓶砸向橱窗的玻璃，"哗啦"一声！

玻璃碎裂了，他再次用力，直到橱窗被彻底砸开，她在这暴烈的声响中颤动了一下，他踏着满地晶亮的碎片来到她的面前，一把握住了她的手，他分明感知到她脉搏的跳动，柔嫩而温暖的脸颊，他的手指沾上她湿润的泪水，像清泉般温柔地流淌的呼吸——这种真实的感受让他一阵阵地眩晕，她就是那个叫戴莹的女孩，几年过去了，她的美丽依然让他心悸，但是她为什么一动都不能动呢？

他听见珍爱馆里传来一阵响动，紧连着橱窗的暗帘被收起，珍爱馆一直极少出现的店主终于露了脸，那是一个五十多岁的满脸倦意的男人，他看着一片狼藉的橱窗，平静地对他说："看来你已经发现她是个真人了。"

正如李云所猜测的，这个模特儿确实是戴莹，而且就是这个珍爱馆店主的女儿，她在出演话剧的当天突然得知自己母亲意外身故的消息，从小就非常依恋母亲的她一下子接受不了这个打击而当场摔倒晕厥，从此便患了一种叫作"木僵症"的精神怪疾，虽能坐能站，但感觉慢慢失去，竟像睡着了一样，他们几年来找遍了名医也没能治好。这极度爱美的女孩在短暂清醒的时候曾竭力恳求父亲不要让自己天天躺在病床上。店主说："穿得漂漂亮亮展示自己仅有的美丽也是她的主意，作为父亲，没能治好女儿的病，也只能尽力满足她的愿望了。"

知道了真相的李云怜惜地看着面前的美人，她的眼睛湿润而美丽，目光怔怔地穿过他仿佛透明的身体望向辽远的夜空，多少个日子，她就这样不响不动地待在玻璃橱窗里，外面是车水马龙的喧闹红尘，里面是临水照花的寂寞时光。虽然她天天穿着各种美丽的婚纱礼服，但也许一辈子就在这小小的一方寂静中苍老，永远也做不了新娘……他轻轻地撩开她的秀发，在她前额上吻了一下。"莹莹，你只是睡着了吧，倘若醒来可曾记起我，砸碎玻璃就为了见你一面？"他轻轻地在她耳边说。店主看他这样，叹了口气："不要开玩笑了，年轻人，她晚上得回家休整，还要输营养液，得了这个病的人与我们的作息正好是反的。我明天会找人来维修橱窗，你就……"

"您放心，我一定照价赔偿！"李云抢着问，"您说作息是反的是不是她晚上就可以清醒过来？""如果能清醒过来就好了，现在家里都请了人专门照顾她，连吃饭都是要侍候的。"店主苦笑了一下。"我在学校的时候就喜欢上了莹莹……那时候觉得她美得像天鹅，高不可攀。"李云喃喃地说着。"你们这些追求我女儿的年轻人，她好的时候是多么热情，一听她得了这种病，也没有一个人主动来看她了。"店主嘲讽地说着。李云怔怔地看着像模特儿一样一动也不能动的戴莹被她父亲小心翼翼地放在车的后排座位上，他关上车门，绝尘而去。

自从珍爱馆那个被砸坏的橱窗被修整一新之后，MINNI负责临街卡座的侍应生发现了一个非常奇怪的现象，他们的常客李云经常到那个放置单独模特儿的橱窗前转悠，模特儿面前多了一只小小的矮几，上面的花瓶里常年插着鲜艳的玫瑰与清香的百合。有一天晚上，侍应生经过MINNI时发现李云也在那里，他伏在玻璃上仿佛在对着里面的模特儿说着什么，侍应生好奇地放慢脚步从他背后走过，听到他轻轻地说："莹莹，我爱你，快快醒来吧……"

原来，修整橱窗的时候，李云就要求师傅加上了一只嵌在玻璃上的小话筒，使他可以尽情隔着玻璃向她倾吐思念。他一忙完工作就跑到她的面前去，每天晚上店里关门时他都会跟戴莹的父亲一起将她抱上小车，送她回家。从未向她当面表白过的他，在她得了失去知觉的病后却担当起男友的职责来，不光常常去她家里探望她，而且在戴家保姆公休的日子里也会去帮忙照顾她。

同时，李云不放过任何一个关于木僵症有效治疗的消息，有一天，当他浏览相关网页时看到德国有一位木僵症患者被成功唤醒的消息时，他激动极了，多方联系计划送她出国治疗，戴莹的父亲将珍爱馆全盘转让，倾囊相与。"不管结果如何，我都会照顾好她的，您放心。"在国际机场，推着轮椅的李云与戴父挥手告别。

直飞德国柏林的空客上，李云把毛毯盖在身畔的她的身上，轻轻用手合上她的眼睛。舷窗外，繁星点点，大多数客人在漫长的航程中都睡着了，他打开前面的背视屏，戴上耳机欣赏异国的节目，那是一个在希腊古城遗迹上表演的实景歌剧，高亢而悠长的意大利语像鸽子飞过荒原与旷野，又像他们所在的空客，在皓月与繁星中穿行，他看到屏幕下方的英文字幕："我请求诸神让你的身体柔软，在冰封的血脉里，鲜血将会如春水潺潺流淌，玫瑰的娇颜绽放在你的唇瓣，多少个日夜的等待，只为你凝望我的深情一吻。"那是象牙仙女成为真人的前夜，她的爱人的深情的唱词，正如他此时的心境。

那个古希腊神话有一个完美的结局，象牙仙女终于变成了活生生的少女，与爱人相拥，众人为他们举行了一场盛大的婚礼。他抵抗着困倦看完整场歌剧，念想着与她的美好未来，孩子气地微笑了。

木乃伊谜案

文 / 冷青裳

脑袋里顿时炸开了花。她觉得事情不大对劲，必须马上开溜，一回身却看见一个白花花的东西杵在她身后。她下意识地抬头看，却只望见一张被纱布缠裹得仅剩一双眼睛的脸，在月光下明灭不定……

——冷青裳

【1】

"咣啷啷——"

手中盛药的托盘掉在地上,随即在医院幽暗狭长的走廊里引起一阵回响。

丁翠翠浑身汗毛倒竖,简直要吓破胆。眼见着盘里的针管飞出去半丈远,碎成了玻璃花,里面的液体四散开来,就这么摊成一幅小小的地图。

心上像被人使大劲儿堵了个塞子。

若不是大半夜的,她又做贼心虚,翠翠真是要好好捶胸顿足一番。

近两年军阀混战愈演愈烈,前线伤兵不断。她这里虽然是大后方,但隔三岔五也要演一出特务暗杀、暴动游行什么的。时局动荡,血案频发,麻醉药就真真成了紧俏货。她提心吊胆地从药局偷了四五次才得手,可没等派上用场就摔了个花开富贵。她这辈子还真就是没有做贼的命啊。

不过想来,叶茂干吗非要先给那住在319号病房的病人注射麻药呢?那人断手断脚的,浑身缠得像木乃伊一样躺在病床上,就算知道她翻箱倒柜找东西,也只能急得干瞪眼吧?等下她摸黑儿进屋,床单遮眼，纱布塞嘴，找到叶茂让她拿的东西立马溜之大吉，不就结了？

这样一想，她就没刚刚那么火烧屁股了。

反正叶医生不会知道她到底是怎么拿到那东西的。他只要遵守承诺，帮她去跟科主任求求情，千万别延长她的实习期，她还想如期毕业呢！上次手术跟刀的时候，她真的不是故意一剪子戳在主刀医生手腕上的……

一阵凉风拂过，翠翠打了个激灵，天马行空的小脑袋终于扯了缰绳。定了定神，她悄无声息地拧开了319号病房的房门。

一室黑暗，只有清冷的月光隐隐从窗子透进来。

她借着这些许光亮，蹑手蹑脚地往病床走去，本想来个速战速决，可两只巴掌重重按下去，竟然没摸着脑袋！她心里一惊。这病床才多大啊，那"木乃伊"虎背熊腰的，怎样都不至于摸不着吧？她又胡乱抓了几把，还是什么都没有。她有点儿慌了，心急火燎地弯下身子贴近枕头使劲儿瞧，不由得倒抽一口凉气。

人呢？

脑袋里顿时炸开了花。她觉得事情不大对劲，必须马上开溜，一回身却看见一个白花花的东西戳在她身后。她下意识地抬头看，却只望见一张被纱布缠裹得仅剩一双眼睛的脸，在月光下明灭不定，狰狞得像从停尸间里爬出来的僵尸。

这不是……"木乃伊"吗？

翠翠头发都要竖起来了，呼吸骤停，手脚发麻，随即一屁股跌坐在病床上。那声"妈呀"还没吐出口，就被"木乃伊"的大手按回了嘴里。

他用另一只手掐住她细长的脖颈儿，压低声音威胁道："不许叫！"

她蚊子一样地呜咽着，怎么也想不明白，白天她巡房时这家伙还一动都不能动,现在怎么就好手好脚地满地跑了呢?

但现下这状况,别说问个明白,她连大气都不敢喘,只怕自己变成明天的新闻头条——"妙龄实习女护士遭遇变态木乃伊杀手",她可不想报童走街串巷地拿自己赚吆喝啊。

不过"木乃伊"倒没有要她性命的意思,只是沉声问:"本地人?"

她抖抖地点了下头。

"带我去芙蓉巷十四号,我就放了你。"

翠翠再次重重点头,但旋即想想,又觉得哪里怪怪的……

不对啊!"木乃伊"去她家干什么?

【2】

但翠翠可不敢问,她现在一个字都不敢说。

外面正下着淅淅沥沥的小雨,打在人脸上冰凉冰凉的,但"木乃伊"的每一根指头都滚烫滚烫的,像烧红的烙铁,狠狠钳着翠翠细嫩的手腕。她也只能遵照他的指示,带他从后门溜出了医院。

这倒霉催的,翠翠简直要哭出来。

她不过就是想顺利毕业,才答应叶医生去偷东西,但小偷还没当成,就被人逮个正着。还有这"木乃伊",难道是半仙儿不成?不然怎么才掐她一把,就算出了她家住址?

芙蓉巷十四号她是断不敢回去了,谁知道这凶神恶煞的家伙到底有什么企图?阿爹年轻时虽然当过肃军大帅徐英昌的副官,身手了得,但那好歹也是十几年前的事了。如今肃军早就被郢军吞并,阿爹带着她隐姓埋名躲在郢军的大后方安城,天天摇着把破蒲扇养花遛鸟,早已不复当初双枪圣手的神勇,又哪里是这膀大腰圆的"木乃伊"的对手?可是不回家,又能去哪儿呢?只期望路上能碰到巡夜的

警察或者更夫,救她于水火……

她小脑瓜飞快地转,腿倒也没闲着,但就是带着身后的索命罗刹在医院周围转圈圈。

转哪,转哪……

转到第六圈的时候,"木乃伊"终于怒了,手上一紧,低声呵斥道:"你在耍什么把戏?"

"没!没有!我哪敢?"翠翠还在装傻,脑袋摇得像个拨浪鼓。

"木乃伊"冷哼,像走累了,一直喘着粗气,一句话也不说,只扬手指了指左前方那灰蒙蒙的建筑。她顺势望去,医院顶楼的西洋钟赫然出现在眼前。

到底是啥时候绕回来的啊……

翠翠额前渗出了冷汗,紧紧抿着嘴唇,心中叫苦不迭,刚刚一定是想对策想得太入神了,才会绕回到医院正门都没察觉。

"木乃伊"手上的力道又重了几分,不耐烦地道:"你到底知不知道芙蓉巷怎么走?"

翠翠吃痛,慌忙点头:"知道!知道!"随即硬着头皮带他往家走去。

沿着医院门前的大路走几百米,再向右一转,就拐进了芙蓉巷。已是夜里十一点,巷内一片幽暗,只有远处一间房舍亮着昏黄的灯光。翠翠知道那是阿爹在等她,心中涌起一阵暖意,不由得加快脚步向前走去。"木乃伊"紧跟在她身后,虽然一步不落,但步子越来越虚浮。

翠翠才不管那个,他是个软脚虾最好。等会儿院门一开,她就冲进去抓出防贼的木棍对他一顿海扁,再喊上左邻右舍一起扭送他去警察局。

她觉得自己的计划天衣无缝。只见院门缓缓开启,阿爹清瘦的身影矗立门旁,她也来不及多想,大喝一声:"阿爹,小心!"翠翠挣脱了"木乃伊"的钳制,又一把推开阿爹,一个箭步冲进小院,随手抄起靠在院墙边的木棍,再气势汹汹地转回身替天行道的时候,只见那"木乃伊"双腿一软,像煮熟的面条似的向阿爹倒去。

他昏过去之前艰难地吐出了两个字:"六……叔……"

【3】

阿爹说,除了肃军大帅的私生子徐济琛,没人管他叫过六叔。

说起徐济琛这个名字,翠翠还有些模糊的印象。童年的记忆里是有这么一位小哥哥,年纪不大,却总是一副心事重重的样子。

确实也由不得他不心思深沉。

徐济琛的娘是一名烟花女子。当年大帅嫌弃她的出身,只肯将她养在府外。徐济琛出生后,他也没去探望过几次,每每都是派阿爹过去给他们娘俩送些银钱和吃食。因此徐济琛打小与阿爹格外亲近,依着他在家中的排行叫了六叔。

肃军被灭后,大帅被郢军当场击毙。阿爹带着翠翠逃难的时候,也不忘徐济琛母子,可他们生活的小院早已人去楼空。阿爹看院内物品摆放得井井有条,只有衣服和钱不见了,想是徐济琛的娘得知肃军覆灭的消息,怕儿子受到牵连,一早带他逃去别的地方了。

这一晃就是十几年……

翠翠鸭子听雷似的听阿爹讲着陈年往事,手上也没闲着——"木乃伊",不不不,徐济琛,他身上的绷带全被雨水打湿了,而他也确实发烧了,怪不得刚刚他的手那么烫,人高马大的走几步就打晃儿——她加快速度拆着他身上的纱布,越拆越心惊胆战。

怎么会有这么多伤?

他浑身布满了细细密密的伤痕,有鞭子、有烙铁、有绳索,还有棍棒造成的。有的虽已结痂，但仍是让人看得触目惊心。

泪珠子止不住地从翠翠眼里掉下来，落在徐济琛的伤口上，疼得他在半昏迷中也皱了眉。

这场景虽模糊在遥远的记忆中，却熟悉得不能再熟悉。

五岁那年，阿爹要教小哥哥骑马，她也非要去。

她天生笨手笨脚，就凭着一股初生牛犊的憨劲儿蹦着高往马背上蹿。阿爹骑在一匹枣红色的骏马上训斥她："不许胡闹！"她登时扁了嘴，泫然欲泣的小模样着实招人疼。

小哥哥就心疼了。

他坐在鞍上，伸手想拉她上来。她却耍着赖，非要自己去拽缰绳。但那小小的人儿，也刚比马腹高出半个头，手上又没个深浅，不知是哪一下抓错了，马儿气性也大，站立而起，将他们两个一起甩了出去。

翠翠只记得自己哇哇叫了两声，然后就被人抱住，在平缓的山坡上骨碌碌地往下滚。那天风和日丽，洁白的云彩就挂在眼前，随着她一圈一圈地翻滚，像阿爹带她去集市上看过的西洋万花筒。翠翠记得自己当时还"咯咯咯"地笑起来，直到"砰"的一声，头顶传来小哥哥的闷哼，万花筒不转了，随即传来阿爹的惊呼。

后来她才明白，小哥哥怕她受伤，一直将她护在怀里，自己却撞在一块石头上，磕破了后脑勺儿。再加上堕马的伤痕，他身上大大小小擦伤了三四十处。

为此她挨了阿爹好一顿胖揍，又因为小哥哥摔断了一只胳膊，被勒令去当了三个月丫鬟。

所以，她应该是怨恨他的吧？

翠翠只记得自己当时小小地报复过他。但具体用的什么手段……嘿嘿，隔了十几年了，谁还记得清楚啊？

【4】

徐济琛再醒来已经是第三天傍晚。

他的嘴唇干裂，气色却好了很多，烧退了，身上的伤口也在慢慢愈合结痂。

翠翠煮了小米粥拌红糖送到他嘴边，只道："隔壁婶婶教我做的月子饭，说这最养身啦！"

徐济琛起初有些窘迫，思忖片刻后，唇角勾起一抹浅笑，虚弱地调侃她："月子饭里没有巴豆吧？"然后张嘴将那勺温热的米汤吞下。

"小气鬼！"竟然记仇记了这么多年。翠翠望着他满眼的笑意，也不知怎的就红了脸。

阿爹在一旁摇着蒲扇大笑："果真是小琛啊！"

这两天，他一直在查验这小子的身份。样子和当年那个孩子有八分相似，眉眼间也有大帅的影子。可毕竟十几年没见了，他一时间也叫不准。然后他又检查了这小子的后脑勺儿，确实有一块陈年旧疤烙在上面。可除此之外，他身上没有任何能证明身份的东西。阿爹本想等他醒来再好好盘问一番，但这世间还有谁知道他那古灵精怪的女儿曾给大帅的少爷下过巴豆？

盘问自是免了，阿爹只是关心："你怎会伤成这样？"

徐济琛英挺的眉毛扭成一团，叹气道："我是被鄂军当成肃军的特务了。"

那年肃军覆灭后，徐济琛跟着他娘四处漂泊，最后在东北安定了下来。他娘在工厂做工供他念完高中，然后一病不起，没多久便撒手人寰了。徐济琛在东北无依无靠，想起还有六叔和翠翠，便跑来寻他们。

这一寻就是两年。

一开始自然是没有半点儿线索的。他翻遍了当年肃军的领地，找到了他爹的许多旧部，但就是没有六叔的影子。后来有人提起在安城见过他，徐济琛便只身来到这里，在郢军的军部做起了文书工作。

"我本来是想做这工作更容易打探到你们的消息，却被他们当成特务抓起来了。"

半个月前，徐济琛听说军部里抓了几个来捣乱的肃军余党，就偷偷跑去档案室翻资料。那种密级文件，他这样入职不足半年的小文书自是没资格查看的。被人当场抓获后，他才知道，那几个人不是普通的滋事捣乱，而是要刺杀郢军高层。他解释不清楚自己为什么要潜入档案室，就被当成那几个人的同伙一并抓了起来。

在郢军的地牢里，徐济琛受尽了各种折磨。他却一口咬定不认识那些人，不知道刺杀的事。后来许是那几个人也说不知道他是谁，郢军才将他放了，还送去了翠翠实习的医院。

翠翠傻傻地问："那你怎么知道阿爹和我住在这里呢？"总不会真是他掐指算到的吧？

"是有人告诉我的。"徐济琛老老实实地回答。

他被送去医院那天，虽然伤势严重，但神志尚算清醒。他清楚地记得，有一个抬担架的人曾小声地对他说："你要找的人，在芙蓉巷十四号。"

【5】

后来翠翠还想问些什么，却被阿爹扯出房去。

她本以为阿爹是想让徐济琛好好休息，哪知他却对她说："这小子没说实话。"

且不论他为什么这么执着地要找到翠翠父女俩，单就他这身伤来看，他干的绝不仅仅是偷看档案这种小事。但如果真的犯了大事，郢军又怎会轻易地饶过他,还送他去医院?阿爹也糊涂了,只叮嘱翠翠别什么都跟他说。

翠翠的小脑袋瓜儿有点儿转不过来了。因为徐济琛的出现,她简单的生活好像突然复杂了起来。

她没敢告诉阿爹,其实还有一个更怪的人,那就是叶茂叶医师。

徐济琛入院后,叶医师把她叫到办公室,先是列举了她实习期间的种种劣迹,什么派错了住院患者的口服药啊,什么搞混了不同病人的化验单啊,还有用剪子戳主刀医师的手腕啊……她听得眼泪都快掉下来了。叶医师说这些,是要告诉她,她不能如期毕业吗?但他话锋一转,笑眯眯地道:"其实这些都是小事,只要我不记在你的实习手册里就可以了。"看她两眼放光地盯着自己,又补充道:"但你必须帮我做一件事。"

那就是帮他偷一张地图。

"驴……皮……地图?"翠翠差点儿乐出来。从前看书看影画戏,地图都是画在羊皮上的,怎么叶医师相中的是用驴皮画的呢?

叶茂有些窘,不许她多问,只交代了她必须先迷晕徐济琛再行动。但她辛辛苦苦偷来的麻醉剂,阴差阳错地摔了个岁岁(碎碎)平安,她因此被徐济琛"挟持",才有了今日这一幕。

但翠翠觉得,叶医师应该不是坏人吧?

在卫校里,属她的成绩最烂,出来实习,哪个科室都不肯要她,还是叶医师好心收留了她。听说他在国外念的知名医学院,学问很了不得,回国后又娶了郓军高层的独生女当太太,但为人十分谦和有礼,对谁都宽容大度。好像她犯了那么多大大小小数不清的错,他也完全没有苛责她啊,只不过就是让她去偷张地图而已……

她真的糊涂了。徐济琛和叶茂,到底哪个是好人,哪个是坏蛋啊?

【6】

尽管如此，实习还是要去的。

翠翠这几天都绕着叶茂的办公室走。叶茂上白班，她就值夜班。她也知道这样不是长久之计，反正能躲一天是一天吧！

徐济琛那天半夜从医院跑去她家之后，便再也没回去。以前出现这种情况，院里好歹是要做样子追查一番的。但好几天过去了，一切都风平浪静，好像这个人从来没有出现过。翠翠觉得奇怪，但也不敢多问。她是不敢跟人说她把"患者"领回家了。没人追究更好，反正追查到她头上，她也会抵赖说啥也不知道。

但真就是怕什么来什么。

那天她看过值班表，叶医师明明是值晚班的。可她一推开主诊室的门，叶茂正坐在里面看报呢。见她来了，他放下报纸，笑眯眯地挥手示意她关门。翠翠愣在原地，半晌才硬扯起唇角，笑得比哭都难看。

叶茂倒是直接："那个人不见了。"

翠翠开始浑身冒冷汗，正思索着要怎么编瞎话，只听他和蔼地说："不见就不见了吧，那件事就当你帮我做完了，我会保证你顺利毕业的。"

一句话说得翠翠心花怒放，也不管他当初是为什么要她去偷徐济琛的东西了，这一整天里又是端茶又是递水，只差变成小狗猛摇尾巴。

直到晚上回家，她还都乐得跟个小傻瓜一样。

徐济琛看她这捡到宝的模样，笑着问："遇到什么好事了？"

"我能顺利毕业了！"她兴奋地抓着他的手，手舞足蹈地喊出这句憋了一天的宣言，高兴得像吃到了蜜糖的小孩子。

"那真要好好庆祝一下，"徐济琛牵了她的手，转身往外走，

"我请你吃桂花糕去。"

翠翠心头一颤,没想到连这个他也记得。

那年因为徐济琛坠马受伤,她被阿爹勒令去当丫鬟。其实她本对这个小哥哥心怀感激,但就因为阿爹那不分青红皂白的一顿胖揍,让她生出了些许怨恨。

徐济琛当时摔断了胳膊,饭都没法吃,她就得在阿爹的监视下,天天给这位少爷喂饭。小小的孩子总是没常性的。那天她本来约了隔壁胖丫去河边逮蚱蜢,就因为要伺候徐济琛吃饭爽了约,胖丫说以后再也不找她玩了。翠翠气得要死,盛菜的时候看见旁边柜子上有包药粉,也不管是什么了,一股脑儿地都倒进了菜里。

徐济琛因此腹泻了四五天,嘴唇惨白,整个人脱水,风一吹就要倒了似的。

那次阿爹把翠翠倒吊在房梁上用鞭子一顿好抽,边抽还边声嘶力竭地吼着:"你胆子也太大了!要是鼠药可怎么办?"

翠翠知道那肯定不是鼠药,因为她之前看徐济琛的娘用那药粉调油抹在腿上治皮癣。她把它倒在菜里的时候,还以为人吃了外敷的药粉顶多拉拉肚子就没事了,却没想到那是有大毒的巴豆。她想解释,但大头朝下脑袋充血的时候,说话是很费劲的。阿爹真是气大了,鞭子越抽越狠。她起初是嗷嗷大哭,到最后吭都吭不出声了。

还是徐济琛和他娘求情,阿爹才饶了她,气哼哼地拂袖而去。

之后她病了好多天,起初是浑身火辣辣地疼,然后就是高烧不退。她能感觉到有人在床前照顾她,喂水喂药的,还一直换着额上的热帕子。待她醒来,第一眼见着的就是和她大小梁子结了一堆的小哥哥。她噘起小嘴,歪过头去不想理他,鼻子里却嗅到了一股淡淡的甜香味道。

翠翠偷偷斜眼望了一眼,小哥哥手上递来的果真是一块瓷白软糯的桂花糕，再往旁边斜一斜，竟然还有一大盘！她蓦地坐了起来，这几日天天喝的都是米汤和药，现在看到最爱的桂花糕，她还管什么新仇旧恨？先吃了再说呗！

【7】

那天之后，翠翠的心里更矛盾了。

她已经不是五岁的孩子了，徐济琛牵着她走街串巷地找桂花糕的时候，她的心是突突突跳着的，粉白的脸蛋儿上也抹了两朵嫣红，像初春的桃花。她喜欢跟着他到处走。因为只有在那时候，她才不用去想好多好多复杂的事，比方说如何毕业，比方说叶医师到底要干什么，比方说他的来历……

但阿爹好像是不开心的。

那天他们牵着手从外面回来，一人手里还拿着一块桂花糕，一进门便看见摇椅上的阿爹，他正摇着蒲扇喝茶。翠翠下意识地松开了徐济琛的手，刚想说什么，阿爹却先开口了："都饿了吧？菜还在锅里温着。"

翠翠知道阿爹不高兴，他明明要她和徐济琛保持距离，结果她却不由自主地总跟他往一起凑。因为越靠近，她越觉得他不像阿爹以为的那样居心叵测。徐济琛温暖而踏实，他们之间总有说不完的话。只是有些事情她还搞不清楚罢了。比方说——

"你认识我们医院的叶茂叶医师吗？"她歪着头问。

徐济琛摇头："从没听说过这个名字。"

"那就怪了。"翠翠犯了糊涂，竹筒倒豆子般地把叶医师让她偷地图的事说了一遍，末了追问道，"真的不认识？"

徐济琛却像被惊到了，反问她："你说地图？他怎么知道有地图的存在？"

翠翠一愣："还真有地图？"见他抿着唇不说话，就缠着他一定要问出个结果。

徐济琛这一次没有由着她，只是郑重地叮嘱道："医院你不能再去了，那里很危险。"

到底为什么危险，徐济琛不肯说。翠翠也是倔脾气，他不让她去，她就偏偏要去。就算叶医师和徐济琛有仇好了，他又不知道徐济琛住在她家里，能拿她怎么样呢？而且不让她去实习，她怎么拿到毕业文凭啊？

徐济琛却因为她的不听话有些恼了，这两天见到她都气哼哼的。翠翠有些心虚，但又不肯先低头。两个人就这么僵着，僵得她每天上班都心烦意乱，好几次又险些出错。最后她把心一横，决定还是先听徐济琛的话。她打算先跟叶医师请假，就说家里来了亲戚，等过段时间再回去补上实习时间，回头告诉徐济琛实习期结束了，这样既不丢面子，又能安全毕业。

于是她跑到叶茂的办公室请假。

听完她结结巴巴编出来的请假理由，叶茂沉吟半晌，最后还是缓缓点头："早些回来。"

"嗯！谢谢叶医师！"翠翠感恩戴德地鞠了个躬，转身正要开门出去，就听身后叶茂正急速向她冲来。她想回头看看怎么回事，却已经来不及了。脖子上狠狠地挨了一掌，然后她就什么都不知道了。

【8】

翠翠是被蚊子咬醒的。

这些坏蚊子，叮哪里不好，偏偏往脸上招呼。她只觉得鼻尖上奇痒难忍，想伸手去抓，才发现双手都被反缚在身后，完全动弹不得。

脑袋里轰然炸开了锅，她一下就醒了。刚刚在医院的遭遇唰地回到脑海里——

她被叶茂绑架了？

可是他干吗绑架她？徐济琛的话回荡在她耳边，医院很危险……这危险自是指叶医师。他让她去偷徐济琛的东西，她不但没偷着，还把人领回了家。他定是知道了，现在抓了她，是要威胁徐济琛交出那张驴皮地图吗？可是徐济琛正在和她怄气，真的会来救她吗？呜呜，要是早点儿听他的话就好了……

叶茂的声音打断了她的思路："终于醒了？"

翠翠一个激灵，瞪圆眼睛望向他，这才发现自己正身处一片悬崖的顶峰。四下望去皆是山涧，只有一条七八米长的绳索桥通往对面的山坡。天色已是一片麻黑，唯一的光源是叶茂身前那团篝火。再仔细一瞧，翠翠倒抽了一口冷气。叶茂手里正在擦拭的黑乎乎的家伙，是……枪？

她不可置信地闭了眼睛又睁开，确认那是一把枪无疑，颤抖着问："你……你要干什么？"

叶茂冷笑："拿回我的东西。"

他要的是那张驴皮地图。准确地说，那是一张藏宝图。肃军大帅徐英昌早年靠盗墓起家，再加上那么多年南征北伐，积累了不少财富。他将那些金银珠宝、古董明器都埋在了某个不知名的地方，又将埋宝的地点详细记录在一张驴皮上。肃军覆灭后，地图便下落不明了。

可是年纪轻轻的叶茂怎么会知道地图的事？

翠翠猛然间想起，之前听院里的其他小护士说起过，叶茂娶了郢军高层的独生女，那他知道有这张地图也不足为怪。所以徐济琛在郢军军部受了那么多的酷刑，其实是被逼问地图下落导致的吧？但转念想想又觉得哪里不对，既然郢军识破了徐济琛的身份，又怎么会那么轻易就放他出来？他从医院偷跑，为什么竟然没一个人追问？

脑袋里乱成了一锅粥，翠翠问："你只是要地图，不会伤害济琛吧？"

叶茂冷哼："你确定他拿得出地图？"

她更糊涂了，不是他一直认定地图就在徐济琛身上吗？不然他干吗派她去偷啊？

可还不等她开口问，对面的山坡上就传来一阵凌乱的脚步声，两道黑色的身影渐渐浮现。

她看清了，一个是徐济琛，一个是阿爹。

徐济琛见她倒在地上，迈开大步就要往前冲。叶茂也不动声色，只是举起了手枪，抵在翠翠头上，逼他步步后退。

阿爹倒不急着救翠翠，摇动手中破旧的蒲扇，眯眼瞧了叶茂半晌，笃定地说："你是……徐卯。"

【9】

徐卯是肃军大帅徐英昌的次子。

当年肃军覆灭，他有幸逃过一劫，在父亲旧部的帮助下改名换姓，东渡日本。学成归国后，他来到了安城，又处心积虑地娶了郓军高层的独女。

阿爹说："你这身份，自是离郓军越远越好，怎么还与他们结了姻亲？"

叶茂只道："不打入郓军内部，又怎能复兴肃军？"

他一面探听郓军内部的情况，一面寻找大帅留下的宝藏，留待充实军力。但当年那张地图到底流落何方，他是毫无头绪的。直到几个月前，他打探到翠翠父女俩也住在安城。翠翠的阿爹以前是大帅极为信任的副官，地图由他收藏也不奇怪。可他不想暴露自己的身份，所以不能直接去找他们问这件事，就只能在去卫校挑选实习护士的时候，刻意把翠翠留在身边。

但还不等他寻到机会，徐济琛又进入了他的视野。

当日，那群肃军旧部刺杀的是叶茂的岳父。他对此事自然极为关心，逐一了解了匪徒的情况后，徐济琛这个名字扯动了他敏感的神经。

当年并没几人知道大帅豢养外室，知道徐济琛这个私生子的人更是少之又少。大帅为免宝藏落入鄂军手中，将藏宝图留给济琛的娘保管，也是极有可能的。

他搜遍了徐济琛随身的衣物和办公室，没有找到半点儿线索，又拜托主管审讯的牢头对徐济琛施以酷刑。牢头不知个中原委，只是不断地逼问徐济琛跟那伙匪徒的关系。而济琛的嘴巴又严得很，根本不肯透露一字半句，就连他的住处都问不出来。叶茂怕他熬不住，再加上另外几名匪徒声称根本不认识徐济琛，就摆出态度说可能真是抓错人了，转而送他去医院治伤。

"所以，那天告诉我六叔住处的人，是你？"徐济琛恍然大悟。

叶茂得意地笑着道："既然无法确定地图到底在你们谁手上，那就让你们见面，我坐享其成，不是更好？"

徐济琛入院后，叶茂是尽心尽力为他治疗的，但过了七八天光景，他还是一直昏睡。叶茂怀疑他装病，不知道他在打什么算盘，便安排了翠翠去偷东西。他还心存侥幸，万一这粗枝大叶的丫头真能找到地图，他就能省却好多麻烦。他让翠翠带着麻醉剂，因为如果徐济琛真是装病，估计稍微吓唬两句，翠翠就会供出自己。谁知道这笨丫头竟把麻醉剂打碎了，还被徐济琛胁迫着带路去了芙蓉巷十四号。不过一切还在叶茂的掌握之中。他没有急，暗中监视着他们的一举一动，静观事态的发展。

可等了又等，等了再等，却只等到翠翠的离职。

叶茂深知，如果他们离开自己的掌控范围，事情的变数就会更大。他不再等了，便绑架了翠翠，约徐济琛和翠翠的阿爹来悬崖用地图换命。

其实时至今日，他还是不确定这两个人手上到底有没有地图。但都没关系了，不论有还是没有，他们三个都见不到明天的太阳。

【10】

阿爹紧紧盯着叶茂，沉沉叹息："也罢，大帅当年把地图交给我，就是让我把它转交给他最有出息的儿子，用来复兴肃军。"

说着他自腰间抽出一柄短刀。叶茂愣了愣，随即扬扬手中的枪。阿爹轻蔑地笑了笑，拿刀小心翼翼地割起了手中破旧的蒲扇。在场三个人全都屏息静气，看他从划开的小洞里，轻轻地抽出了一张兽皮。

叶茂的双眼登时亮了起来："果然在你手上！给我！"

阿爹持着那块兽皮，踏上绳索桥，缓缓地向叶茂靠近。只有三步之遥的时候，他突然将手一扬，那块兽皮被高高地抛到了半空中。叶茂急了，伸手去抓。阿爹就趁着这电光石火的瞬间，劈手去夺他手里的枪。

"砰！"

响亮的枪声震得整个山谷都在发颤，是阿爹和叶茂为了夺枪扭打在一起，混乱中，不知是谁叩响了扳机，朝着桥墩放了一枪。

翠翠吓得哭喊了起来："阿爹！阿爹！"她想上去帮忙，怎奈手脚都被绳子绑着，根本动弹不了。她急得一直扭动双臂，希望能挣脱束缚，就在这时有人用刀划断了绑她的绳子。她定睛一看，是徐济琛，便急急地对他喊着："你先去帮阿爹啊！"

徐济琛死死拽着她，脚下飞速移动，喘着粗气道："先过去，桥快断了。"

　　翠翠这才反应过来，刚刚那一枪打折了桥墩上的绳索，如今桥的左边已微微倾塌，只怕等下就要彻底断掉了。她更急了，想转回身救阿爹，却看见他和叶茂也一边撕扯着，一边朝桥上冲过来。她愣住的当口，徐济琛已经拉着她跑到了山坡上。他再想跑去帮阿爹的时候，桥左边的绳索因为剧烈的颤动，彻底断裂开来。又随着一声凄厉的枪响，阿爹和叶茂齐齐地向山涧里掉去。

　　翠翠眼见着阿爹的身影没入一片黑暗，尖叫一声，昏了过去。

【11】

　　再醒来时，天已大亮。

　　在一片温柔的晨曦中，翠翠惊喜地看见了两张布满期待的笑脸。

　　一个是徐济琛，一个是阿爹。

　　她以为自己在做梦，狠狠地掐了一把徐济琛的胳膊，听到他痛得哇哇大叫，这才相信阿爹没死。

　　就在绳索断裂的瞬间，阿爹夺过了叶茂的手枪，凭着当年双枪圣手的本事，照着他胸口开了一枪。叶茂跌落悬崖，已然凶多吉少。阿爹则被徐济琛连拉带拽地，从断桥上救了上来。

　　翠翠抚着心口压惊，转念又道："那驴皮地图呢？也掉下去了？"那可是好大一笔宝藏呢！得够她吃好几辈子桂花糕的。

　　徐济琛笑了："六叔给叶茂的地图是假的。"

　　翠翠被绑架后，徐济琛向阿爹吐露实情。他来寻他们，确实也是为了地图。但他并不是为了复兴肃军，而是想帮助东北抗日联军摆脱缺衣少粮的困境。徐济琛说，日本人在侵略我们的土地，他在北方见了太多这些魔鬼烧杀抢掠的恶行。他参加抗日联军，是希望国家不要倾覆在这片乱世之中。

阿爹钦佩他的胸襟，将真地图交给了他，又随便画了一块兽皮骗叶茂。

"所以，我们现在是要去东北吗？"翠翠兴奋地眨着眼睛问。

"不，"阿爹抚着她的头，郑重道，"我们先去挖宝，再去参加革命。"他要发挥双枪圣手的余热，能杀掉几个鬼子就杀掉几个。可是翠翠……

"我当然要跟着你们一起去！"

她不由分说地站起来，一手一个，拽着他们向前走去。

前路有多少荆棘，她懒得去想。反正有阿爹和徐济琛在身边，她什么都不怕！

黑暗里的游戏

文／岑桑

这天晚上，夜幕迟迟才肯降临。黑暗中的虫鸣，让圆木湖显得更加寂静。空落的舞台，在月光下清冷而诡异。一个黑色的人影，悄无声息地走进森林。繁密的树枝，像一张黑色的巨网，只透下微弱的银芒。

——岑桑

【招魂游戏】

高三前的暑假,靳冰、黎悦、郑珊和苏真,四个死党一起去圆木湖野营。

圆木湖是个很古老的地方,四周环绕着大片原始森林。一到假期,就有许多人来这里野营。

在圆木湖的最后一天,四个人去森林探险。其实,所谓"探险",就是到营地周围的森林里转一转。然而,黎悦这个天生的"好奇宝宝"竟然在山崖下发现了一个山洞。那个山洞不大,近似方形。

黎悦拿出手机,"啪啪啪"拍过各种剪刀手和包子嘴之后,说:"哇,这里太适合招魂了,咱们晚上来玩吧。"

"谁和你玩那么无聊的游戏。"靳冰不屑地说。作为全校著名的学霸,闹鬼这种不科学的事,她觉得十分无聊。

"你怕啊?"黎悦挑了挑漂亮的眉毛说,"你不是不相信有鬼吗?还有什么好怕的。"

郑珊这个女汉子早想"见鬼"了,她说:"真能见到鬼吗?我来。"

苏真站在洞口尖叫说:"你别疯了。我可不干!"

黎悦坏坏地说:"那你一个人留在营地也行。"

"我不!"

洞里三个人都嘻嘻地笑起来。

很快天就黑下来了。黎悦给大家讲"招魂"规则。这是个古怪的游戏。四个人站在山洞的墙角,轮流走到下一个人的背后,拍肩膀,路过空下的位置,咳嗽。

黎悦严肃地说:"我再说一遍啊。一定要记住,当你听不到咳嗽声的时候,就说明已经有鬼补上咱们的空位了。所以呢……绝不能停下来,直到一切恢复正常。"

苏真听了,紧张得声音都有些发抖。她说:"别吓人。我不想玩了。"可是她的肩膀被重重地拍了一下。她吓得"哇"的一声叫出来。

"嘘——"黎悦压低了声音说,"来不及了!已经开始了。"

苏真只好深吸了口气,小心翼翼地向前走去。山洞的入口很小,只能透进微弱的月光。暗淡的光线里,依稀可以看见四个人黑色的轮廓。苏真摸索着拍了靳冰的肩。

说实话,靳冰觉得这是个发傻的游戏,放着暖暖的睡袋不睡,四个人却在漆黑的山洞里绕圈。可是,走到第五圈的时候,郑珊咳嗽了一声,却忽然发出"咦"的一声,接着又咳了一次,直接拍到了苏真。

排在黎悦之后的苏真一下愣住了,她警惕地转过头说:"你是郑珊?那……黎悦呢?"

郑珊没有答话,只是用力地推苏真继续向前。可是,原本就精神紧张的苏真害怕极了。她无法再忍受黑暗中的恐惧,心慌地掏出了点篝火用的打火机。

"别打!"郑珊大声地阻止,但已经晚了。细弱的火苗从苏真的手中升腾起来,像一条摇曳的小蛇,明明暗暗地照亮山洞。

三个人霎时都惊呆了。

黎悦竟然不见了！

山洞只有一个入口，任何人想要偷偷离开，都会被看到。但刚才还和她们拍肩膀的黎悦，却消失得无影无踪。

郑珊气呼呼地打落苏真手中的打火机，说："刚才的规则你都不记得了吗？不能停下来，直到恢复正常。"

靳冰觉得郑珊有些小题大做了。她从不信鬼怪。所谓的"神秘消失"，她更相信是黎悦自编自导的又一出恶作剧。可苏真不这样想。她更加害怕了，浓重的呼吸带着哭腔。她战战兢兢地走到靳冰的身后，小心地拍了她的肩膀。

于是靳冰向前走去，她在第一个转角咳了一声，接着在第二个转角又咳了一声。她想，再走一圈黎悦应该就会蹿出来吓人了，要随时做好防吓准备。但是，就在第三个转角，应该拍到郑珊的地方，靳冰却忽然拍了个空。一瞬间，靳冰觉得自己的血液都凝固了，伸出的手向周围摸索着，可是除了墙壁就是空气。

"出什么事了？"苏真小声问道。

靳冰摸了许久，才艰难地咳了一声算是回答……

【遗落的手机】

整整一夜，靳冰和苏真都在那个阴暗的山洞里重复着拍与咳嗽的动作。可是，直到狭小的洞口渐渐透进微亮的天光，黎悦和郑珊也再没有出现。靳冰真希望她们就坐在山洞的某个角落，偷偷笑苏真和自己傻乎乎地走了一夜。可是没有，山洞里只有疲惫不堪的两个人，无力地坐在地上。苏真打了无数遍黎悦和郑珊的手机，回答她的，只有机械的"不在服务区"。

苏真哭红的眼睛像两颗烂透的桃子。她说："怎么办啊？我们怎么办啊？"

靳冰疲倦地说："除了报警还有别的办法吗？"

很快，警察和家长都赶了过来。只有黎悦的父亲没到。她父亲外派德国，一时还联系不上。靳冰把昨天晚上的经历讲了五遍，可是每个人听了，都将信将疑。而苏真哭得说不成一句完整的话。

直到下午，靳冰才跟着父母回到家。一直沉默的妈妈，终于开口说："现在没外人了，你和我说实话吧。"

靳冰实在不想再说了。她说："你别烦我了。我比你们更想把她们找出来好不好。"

说完，靳冰就摔门进屋去了。她躺在床上，心里又气又难过。再开学就是高三，她们四个好朋友原本想好好放松一次再奋战，可没想到发生了这样的意外。

靳冰打开背包，整理野营的东西。突然，一部手机从杂物里掉了出来。那是黎悦的。可能是收拾东西的时候装错了。靳冰拿起来按下开机键，竟然没电了，怪不得一直"不在服务区"。靳冰把电话接上充电器，打开手机翻起来。

相册里大部分都是她们这次野营时拍的。视频库里还有两段视频。靳冰随手点开一个，是她们在帐篷里嬉笑打闹的片段。靳冰默默看着，心里悔恨极了。如果当初她阻止黎悦玩这个愚蠢的游戏，一切就都不会发生了。

第一段视频播完之后，自动跳到了第二段视频。镜头里的光线十分昏暗，摇摇晃晃地闪动着手电的光柱。靳冰看不见黎悦，只能听到她的声音从画外传出来。

黎悦说："呜哦，是个山洞，好有惊悚气氛哦。"

接着手机镜头转了一下，黎悦出现在画面里。她大概是在自拍，脸上满是兴奋。她说："哈，这个山洞太有感觉了。靳冰她们一定会被吓得半死……"

靳冰一怔,关闭视频,返回查看了一下日期,竟然是6月1日!

那时候还没放假。靳冰回想起那天,黎悦逃课宣称去过儿童节。原来她早就去过圆木湖,找好了山洞准备吓她们。

真是太可恶了!

靳冰在微信里找到苏真,直接把视频发给她说:"我们都被骗了!她们两个肯定觉得事情闹大了不敢回来了。"

过了一会儿,苏真就打电话过来了。她的声音在电话里听起来有点儿抖,像遇见了什么极度可怕的事。她说:"勒冰,这个视频,你看完了吗?"

勒冰迷惑地说:"没有,怎么了?"

苏真几乎是在哭了。她说:"你……仔细看一看吧。"

【没看完的视频】

此时,天色已经渐渐暗下来了。暗紫的天光弥漫在房间里,像一团捉摸不定的雾气。靳冰一个人坐在房间里,忽然有种莫名的恐惧。她拿起黎悦的手机,再次点开那段视频,刚才的画面继续播了下去。

黎悦在手机屏幕里喜形于色地说着。只是五秒之后,靳冰整个人都陷入极度的恐惧中。她现在明白苏真为什么那样害怕了。

因为就在黎悦的身后,隐约有一条黑色的身影,缓缓地爬入镜头。靳冰看不清她的样子,只能分辨出一头湿黏的长发拖行在地上。看不见眼白的眼睛,像两只黑色的玻璃扣子,折射着手机的白光。

突然,一阵敲门声传入耳膜。

靳冰冷不防被吓了一跳,失声叫了出来。

门外是靳冰的妈妈,她听到靳冰的尖叫,焦急地推开门说:"怎么了?"

靳冰慌忙收起手机,说:"没事。你敲门干什么啊?"

妈妈说:"苏真来了。"

苏真和靳冰住在同一个小区的同一幢楼里,三分钟就过来了。她关上房门,紧张地说:"你看到没有?"

靳冰瞪着眼,用力地点了点头。

"你说那天是不是玩招魂游戏,把阿飘招来了?"

"别胡说!哪有鬼。"

这次,靳冰反驳得有点儿心虚了。因为这一连串发生的事实在太诡异,让她不得不怀疑这个世界上到底有没有鬼。

苏真提议说:"要不咱们把那段视频发到网上,看看有没有人知道怎么回事。"

那天晚上,靳冰把招魂游戏的事和那段视频,发到微信和常上的网站,希望有人能提供些线索。可是没想到,第二天一名年轻警官找了过来。他自称姓黄,一见到靳冰就愠怒地说:"这么重要的线索为什么不上交!直接发到网上会引起多少麻烦!"

靳冰愣了一下才明白黄警官在说什么。她说:"我们也是想帮忙啊。"

"胡闹。现在全世界都知道这案子了,想要调查就不那么容易了。"

黄警官走了之后,靳冰打开了电脑。她一下明白了什么叫"全世界都知道"。

她们的"招魂游戏"和"黎悦遇鬼"的视频,已经成为各大网站的头条!

靳冰给苏真打电话想说说警察来找她的事,接起电话的却是苏真的妈妈。她说:"小冰啊,这几天不要找我们真真了。情况太复杂了。我们想让苏真在家里待几天。"

还好苏妈妈没断网，不一会儿，苏真在微信上说："冰冰，这回咱们好像真的惹祸了。"

【圆木兰香】

靳冰完全没想到，一次野营竟然演变成了一场灾难。许多记者在网上联系她，想要采访事情的来龙去脉，她都避而不见。靳冰唯恐事情变得更加难以收拾。不过，就在她发视频的网站里，有一个回复引起了她的注意。那个人的注册名称叫"圆木兰香"。

她说："那个黑影子我见过，你看看她爬过的地方有没有特别的水迹？"

靳冰想起视频里那个黑色的身影，头发好像真的是湿漉漉的。难道这和黎悦她们失踪有关吗？她不安地拿起手机，准备给黄警官打电话。可是想起他那天气哼哼的脸，靳冰还是放弃了。如果这是网友的恶作剧，他一定会更生气。

于是，她决定第二天先去察看到底有没有"特别的水迹"。

靳冰在微信上问苏真："我明天要再去圆木湖看看，你要不要来？"

苏真没有说话，只发来一个摇头怕怕的表情。

靳冰明白，一定是苏真的老妈在侧，苏真不敢说话。

第二天，爸妈上班之后，靳冰一个人又搭上了去圆木湖的旅游巴士。

这一天，天气极好。可巴士上的人不多。几个游客样子的人都在讨论圆木湖闹鬼的事。现在大概没有人不知道了吧。靳冰下意识地把头上的棒球帽向下拽了拽，虽然没人认识她。

靳冰到达圆木湖已近中午时分。圆木湖岸边，正在搭建一个巨大的舞台。听说有开发商要与景区合作开发旅游项目，过两天要在这里举行签约仪式。靳冰远远看着,转身向森林里的山洞走去。黎悦发现的那个山洞并不难找。

靳冰小心地走进去,仔细地察看起来。山洞里还和她离开时一样。她找到黑影爬过的地方,似乎真的有淡淡的、拖行的印迹。

借着洞口射入的阳光,靳冰忽然发现不知是什么东西隐约折射着星芒。

突然,靳冰听到身后传来一缕幽幽的女声:"你……就是冰冰凉吧。"

"冰冰凉"正是靳冰的网名,靳冰吓了一跳,转过身,发现洞口站着一个女孩。她问:"你是谁?"

女孩说:"我叫方兰。"

靳冰恍然大悟地说:"你就是圆木兰香吧。"

方兰走过来,点了点头。

靳冰这才看清她的样子,乌黑的长发系成马尾。她穿着旧旧的蓝色裙子,看起来有点儿眼熟。

方兰说:"我猜你会来。"

靳冰说:"你说的水迹,到底是什么?"

方兰走过来,指着地面上闪着微微亮光的地方说:"你看。"

靳冰凑过去,看见淡弱的阳光中,竟是一枚鳞片在闪光。

这真是太奇怪了不是吗?靳冰说:"怎么会这样?"

方兰说:"你一定没听说过素江的故事吧?"

"谁是素江?"

"要不,还是让我爷爷给你讲吧。"

【素江】

方兰就住在圆木湖附近叫圆木村的小村里。村子不大,只有一条老街。老街两旁,挤挤挨挨地排列着古旧的房子。那些房子旧得像有几万年历史似的,灰突突的,没有声色。

方兰的家,就住在老街的最后,再远一点儿,就是森林了。

方兰带着靳冰走进低矮的房子。一推开门,就说:"爷爷,有人想听你讲素江的故事呢。"

靳冰跟在方兰身后,环顾四周。前面一间小屋子,勉强算是个厨房,后面更大一点儿的屋子,摆着这个家的全部家当。靳冰一进门,心里就有种怪异的熟悉感。可她又说不出来怪异在哪里。

房间里的床上,坐着一位干瘪的老人。他半睁开眼,瞥了下靳冰,用沙哑低沉的嗓音说:"那就坐下吧。听完了,你别害怕就行……"

素江就出生在圆木镇上。那是二十二年前的一个冬天,素江十六岁。一心想考大学的她,却遭到了家人的反对。素江的爸爸觉得女孩子不需要读那么多书。在家里帮忙干活儿,大一点儿嫁出去,才是她该走的路。然而素江不想就此埋没在碌碌无为的人生里。所以一天夜里,她带着私下攒的钱,偷偷地出逃了。然而,就在出逃的路上,素江遭遇了不测。

方兰插嘴说:"这个案子特别奇怪。第二天就有人到公安局自首。他说他在回家的路上,看见素江躺在路边,不知伤了哪里,流了一地的血。他叫不醒她,就偷了她的钱包。可是后来,他越想越害怕,就把钱包送过来了。"

"那素江呢?"

方兰摇了摇头说:"警察赶到事发现场,根本没看见素江。地上只有一大摊凝固的血。按地上的出血量来看,素江一定是活不成了。可是没人找到她的尸体。警方怀疑,很有可能是凶手回来把素江转移走了。"

靳冰听着，心里有些害怕。她喃喃地说："素江真可怜啊。"

床上的老人接着说："是啊，素江太可怜了。她死得那么冤，所以才不肯离开这个世界。她是恨我啊，恨我不让她读书。"

靳冰突地打了个激灵，说："你……你是素江的爸爸？"

老人突然就呜呜地哭起来，意识变得有些疯癫。他凄厉地说："素江一定是被扔进湖里了。一定是的！她一定是羡慕那些能上学的女孩，才去抓她们的！"

靳冰"霍"地站起来，凳子都被她撞翻了。

她大声质问："您说什么？"

可老人已经完全陷入自己的世界里，歇斯底里地呼喊着。方兰拉着靳冰走出房子说："不要再问了。你想知道什么，我告诉你。"

"他为什么说素江被扔进湖底了？"

"因为素江死后不久，有村民说在圆木湖里看见了黑人鱼。"

"黑人鱼？"

方兰点了点头说："是条全身黑色的人鱼。头发乱蓬蓬的。有时候，没有月亮的晚上，还会爬到镇子里来。"

"你见过她吗？"

"我见过她一次。是起夜的时候发现的，她就趴在门外，直直地看着我们家。我吓得一个晚上没睡，第二天一早，我出去，就在地上看见了鳞片。爷爷大概也看到了，所以他认定那就是素江。"

靳冰感到一股寒意直爬上脊背。她不想承认，她开始有点儿怀疑这个世界上，到底有没有鬼。会不会是她们的"招魂游戏"引来了素江？

坐在回城区的巴士上，靳冰给苏真发微信。她说："这件事越来越诡异了。回去我和你讲。"

苏真又只回复了一个张嘴惊讶的表情。看来仍在被监管中。

【是谁在说话】

靳冰决定把听来的故事,统统放在网上。就像之前的视频,带来了方兰。也许有关"素江"和"黑人鱼"的故事,会引来更多的知情人。至于黄警官的警告,靳冰管不了那么多了。找回黎悦和郑珊才是最重要的。

她发好帖子已是傍晚。她在微信上给苏真发了一个链接并说:"我把今天的事都写在这儿了,你去看看。"

苏真很快就回了一个用力点头的表情。

突然,座机的电话铃响了起来,竟然是苏真的妈妈打来的。苏妈妈说:"小冰,真真在你家吗?"

靳冰迷糊地说:"不在啊。你不是一直在看着她吗?"

"我和她爸爸都上班去了,下班回来就发现她不见了。"

靳冰霎时愣住了。

她瞥了一眼手机上仍然在线的苏真,恐惧如同细密的蛛丝爬满全身。她挂掉手中的电话,给苏真发微信说:"真真,是你吗?"

苏真回了一个坏笑的表情。

"是你为什么不说话?"

苏真仍然只回了一个坏笑的表情。

靳冰受不了一个表情一个表情地折磨了。她按住微信的对讲机,大声说:"你是谁?你到底是谁?"

隔了一会儿,那边也发来了"对讲机",里面没有人说话,只有窸窸窣窣的响声,像某种柔软的生物缓缓爬过。

靳冰惊恐地扔掉手机,仿佛会有某种奇怪的生物从里面爬出来。

她飞快地冲出家门,一路跑去了苏真家。此时,苏真的爸爸已经出门去寻找苏真了,苏妈妈守在家里一直哭。因为失踪连二十四个小时都不到,警察不能立案。只有黄警官一个人过来调查。

黄警官看见靳冰，把她叫出房间说："有关苏真失踪的事，你知道些什么？"

"有个叫方兰的女孩和我说了有关黑人鱼……"

靳冰还没说完，黄警官就打断她说："你在网上发的东西，我都看了。那些村民迷信的故事，你怎么能信呢？你是学校里的干部，这种谣言你也传？你知不知道你造成了多大的影响？圆木湖景区几亿的合作项目都快停止了。就因为你，网上都在说圆木湖闹鬼的事。"

靳冰原本心存歉意，但被黄警官这样一说，反倒来了脾气。她说："几亿怎么了？我的朋友都不见了才是最重要的！我让网友帮我找，有什么不对！现在玩过游戏的人，除了我都不见了。"

黄警官说："是啊，一共四个人，为什么只有你还在？这不是个问题吗？"

靳冰气得跳起来说："你是在怀疑我？我告诉你，有证据就来抓我，没有就别乱讲！"

【消失的苏真】

晚上，靳冰的父母知道了苏真失踪的事，变得格外紧张。可是除了担心，他们能帮上什么忙呢？这些不可思议的事件，说出来谁也不会相信。

现在，靳冰只能靠自己了。她强迫自己冷静下来，仔细回想这几天发生的一切。然而事件发生得太过离奇，让她找不到半点儿头绪。

她打开手机上网，想看看有没有网友找到新的线索。可当她登录之后，发现"自己"竟然发布了新视频。

是的，就是用"冰冰凉"的账号上传的！下面的留言已经爆棚了，好多人都在大叫"太吓人了"。

靳冰疑惑地点开了视频。

应该是一段偷拍的画面,镜头藏在一盆绿叶植物的后面,拍到一间客厅。靳冰不由得打了个寒战。

那正是苏真的家!

画面静止了二十秒之后,苏真卧室的门忽然打开了。苏真从里面走了出来。看她的样子,好像听见有人叫她似的,可是视频里听不到任何声音。苏真显然有点儿茫然,对着空气喃喃地说着话。突然,她像被人拍了肩膀一样,身体紧张地一抖。接着,神情恍惚地转过身,慢慢走到卫生间门前,推开了门。

拍摄时间明显是在白天,可卫生间里一片黑暗。靳冰怕极了,几乎脱口叫出来不要进去。但这已是无法改变的事实。

苏真对着门里微微笑了一下,迈了进去,被黑暗吞噬得不留一丝痕迹。

而就在这时,更惊悚的事情出现了。一颗黑色的人头,顶着黏腻的头发从门里爬出来。她四下望了望,又缩了回去,缓慢地关上了卫生间的门。

靳冰觉得自己的头发根都竖起来了!极度的恐惧,让她的呼吸都变得困难。

现在,玩过招魂游戏的人,真的只剩下她了。

素江一定不会放手吧?

靳冰放下手机,拿起床头四个人的合影,默默地掉下了眼泪。她分不清是因为难过,还是因为恐惧。她只是知道自己已经到了崩溃的边缘。

突然,靳冰脸上的神情陡然一变,好像在照片上发现了什么。

她紧握着照片,仔细看着照片上的黎悦,喃喃地说:"怪不得呢。"

【方兰的秘密】

第二天，爸爸妈妈上班前反复叮嘱靳冰不要出门。可是他们一离开，靳冰就直奔圆木湖。

因为她终于知道方兰为什么会给她一种特别的熟悉感了——她穿的那条蓝裙子，就是黎悦的！

靳冰绝对没看错。

如今回想起她破旧的家——床头的闹钟、桌子上的书架和笔筒……太多太多，都是黎悦用过的东西。

她一定要查清楚方兰这个不请自来的女孩身上到底隐藏着怎样不可告人的秘密。

靳冰赶到圆木村的时候已近中午，阳光透过阴潮的水汽照在老街上，泛着飘忽的光晕。

方兰正一个人站在门前晒衣服。她看见靳冰，诧异地问："你怎么来了？"

靳冰毫不掩饰地问："你怎么会有黎悦的裙子？"

方兰一怔，说："什么裙子？"

靳冰一瞬读到了她眼里的闪躲，更加坚定了自己的想法。她又问："你家里为什么会有黎悦的东西？"

"你在说什么呀？"方兰一脸尴尬地问。

就在这时，房子里突然传出"啪"的一声，像有人撞倒了什么东西。靳冰机警地问："谁在里面？"

方兰慌忙拦住靳冰说："我爷爷。"

"我看不是。"靳冰也不知哪里来的勇气，用力撞开方兰，推门走了进去。房子里依然昏暗，暗潮的霉味儿扑面而来。靳冰迈进房门的一瞬，清楚地看见，一条巨大的黑色鱼尾倏地滑进了房间。

靳冰心中一凛，这才感到有些害怕。

而此时,方兰已经从后面跟了进来,砰地关上了大门,锁住了……

【素江说】

在山洞里玩"招魂游戏"的四个女生,全都消失了。没有人知道她们去了哪里。但她们的故事,在网上不断流传。

有人说是假的,但也有人说她们招来了"恶灵"。

两天后,圆木湖景区开发的签约仪式如期举行。盛大的舞台下,游人寥寥无几;各路媒体却蜂拥而至。签约前,开发商董建上台致辞。他说:"我之所以投资圆木湖,是因为我从小在圆木湖长大。这里是我的家乡。"

可他的话还没说完,就有记者在下面打断他说:"那你听说过素江吗?"

董建的脸一瞬就黑了。他说:"今天是举行签约仪式的日子,我不想回答与此无关的问题。"

又有记者追问:"怎么会无关呢?圆木湖闹鬼的事已经尽人皆知了。那四个女孩还没有找到。你不准备给个解释吗?"

董建压不住脾气,说:"什么解释?这是警方的事!"

就在这时,突然有人大喊了一声:"快看湖上!"

平静的圆木湖上,不知什么时候,竟漂浮着四个人影,静静地,仿佛千百年来都漂浮在那里一样。

几名水性好的记者,脱掉鞋袜,跳入湖中,将四个人救上岸。

她们不是别人,正是黎悦、郑珊、苏真和靳冰。

她们都瞪着眼,茫然地望着四周。记者的快门响作一团,她们却无动于衷。大家纷纷询问:"你们遇到什么事了?这几天都去哪儿了?"

可四个人都像被催眠了一般,毫无反应。

忽然,苏真的脸上露出一丝惊恐的表情,断断续续地说:"素江……素江……素江说她……说她埋在……"

接着,猛然发出一声惊恐的尖叫,四个女孩竟一同晕了过去。

所有的人都聚拢在岸边,只有董建独自站在舞台上。他气哼哼地摔下手中的演讲稿,转身离开了。

【好编剧】

这天晚上,夜幕迟迟才肯降临。黑暗中的虫鸣,让圆木湖显得更加寂静。空落的舞台,在月光下清冷而诡异。一个黑色的人影,悄无声息地走进森林。繁密的树枝像一张黑色的巨网,只透下微弱的银芒。

黑色的人影最终在一块低洼的草地上停下来,拿出铁锹,用力地插了下去。

突然,一道手电的强光直射过来。

竟然是黄警官,他得意地说:"董先生,要不要帮忙啊?"

没错,那个黑色的人影正是董建,他不知所措地站在那里,手中的铁锹"啪"地掉在了地上。

黄警官身后,传来几个女孩子嘻嘻哈哈的笑声。黎悦俏皮地说:"黄警官,您真是神探啊。"

董建嘴角一抽,结结巴巴地说:"你们……你们联合起来算计我!"

时间退回到靳冰走进方兰家的那一刻,方兰"砰"地锁住了大门。靳冰紧张地问:"是不是你在搞鬼?"

方兰摇了摇头,然后指了指靳冰身后。靳冰转过身,看见那条黑色的鱼尾从门里滑了出来。不过,它不是长在某人的下半身,而是抱在郑珊的怀里。

靳冰诧异地说:"怎么是你?"

"还有我们。"

黎悦和苏真也从门里走了出来。

靳冰气坏了,大声说:"你们……你们这次玩得太过分了!"

苏真撒娇地说:"别生气嘛,不是你想的那样。"

原来黎悦在暑假参加了网上的"一帮一"公益活动,认识了特困生方兰。她看到方兰的家境实在太艰苦了,就把自己不用的衣服和生活用品统统送给了她。方兰是被遗弃的孩子,出生没多久就被丢在了圆木湖旁。是爷爷捡到她,把她抚养长大。

黎悦和方兰成了朋友之后,方兰和她说起了圆木湖要成为景区的事。方兰坚决反对。她觉得圆木湖这么美,不应该在这里建酒店,建度假村,甚至游乐场。

方兰说:"你能想象圆木湖上有快艇驶过的样子吗?"

黎悦坚定地说:"我不能,咱们不能让他们毁了圆木湖!"

于是,黎悦就想出了"圆木湖闹鬼事件"来吓走开发商。

靳冰愤愤不平地说:"好啊,你们都知道了,为什么就瞒着我一个人?"

黎悦一本正经地说:"我分析过了呀,得有人当导演吧,那个人就是我。扮鬼非女汉子郑珊莫属对不对?还得有个演技高的出演客厅失踪事件,苏真这个未来奥斯卡最佳女主角种子选手,一定是她了。最后,需要一个把离奇事件说出去,还能让别人相信的人。嘻嘻,当然是学习好,只信科学不信鬼的班干部了。"

靳冰说:"那也不用瞒着我吧。"

"得了吧,你这个说一句谎就脸红的人,要是告诉你真相,非露馅儿不可。"

"哼,不告诉我就有人信了吗?警察都要把我当嫌疑人了!"

黎悦一副早知道的样子说:"你是说黄警官吧,他早就知道了呀。"

"噗——"靳冰惊讶地说,"警察也跟着你们胡闹?"

"他也是'编剧'之一好不好。"

原来,黄警官看过网上的闹鬼视频之后,就去山洞勘察过。他一下就找出了破绽。

黎悦好奇地问:"他找出什么破绽了?"

"鳞片。"方兰说,"他说鳞片上的圆纹和树的年轮一样,一圈就是一岁。我们放在洞里的鱼鳞,最多十岁。素江已经死了二十多年,那鳞片绝对不可能是她的。"

靳冰忍不住打断她说:"对了,你爷爷难道也参加了吗?他讲的故事快把我吓死了。"

方兰说:"我爷爷六十岁之后,脑子就不太清楚了。有一段时间,村民发现圆木湖里出现了一条大鲤鱼。它特别聪明,吃了鱼饵,还抓不住它。大家开玩笑,说它成精了。可是爷爷听了,就认为那是素江。有时半夜三更的,就说素江站在门口看着他。黎悦知道这些事后,把它们编在了一起。"

靳冰没好气地说:"黎黎,没看出来,你还真是个好编剧。"

黎悦哈哈地笑起来说:"黄警官也这么说我。"

黄警官刚从警校毕业,在翻看卷宗的时候,发现素江的案子十分蹊跷。据自首还钱包的那个男人描述,他发现素江时流了一地的血。事后现场的照片,也证实了这件事。可当时他身上的衣服沾到了血,而最该沾到血迹的鞋子却没有。他很怀疑这个自首的男人,是故意"自投罗网"来掩盖真正的事实。

而这个男人正是开发商——董建。

于是黄警官干脆将计就计,一边让黎悦扮鬼制造舆论,阻止开发商破坏圆木湖,一边安排苏真最后说出那半句"素江说"。

他相信,如果董建是真正的凶手,一定会心里不安,去转移当年埋下的尸体。

靳冰说:"对了,你们在洞里是怎么消失的?"

郑珊在一旁笑出来,她说:"那有什么好神秘的,四个人里只有你不知道,你一背对洞口,我们就跑出去一个。还有啊,这条鱼尾巴,是我在水族馆人鱼表演队借的一个旧鱼尾改装的。苏真家的卫生间,在窗子上堵个棉被就全黑了。至于用你的账号传视频就更简单了,我们都知道你的账号密码,哈哈。"

唉,好多灵异事件,说穿了真是简单得可笑。

靳冰咬牙切齿地说:"好吧。如果真抓住凶手就算了,要是错了,我和你们没完!"

而事实上,黄警官猜得一点儿没错。

董建就是当年杀害素江的凶手,他不但玷污了素江,抢了她的钱,还残忍地杀害了她。董建在掩埋素江的尸体之前,先放出大量的鲜血,盛在塑料袋里,转移到其他地方倒在路边。以此掩盖第一案发现场,造成了"无尸悬案"。

后来,董建在外面混得风生水起。没想到回乡投资,却被翻出了旧案。

【最后的闹鬼事件】

开学前,靳冰、黎悦、苏真和郑珊,又去了圆木湖。夏末的圆木湖,美得不可方物。她们和方兰坐在湖边,像五位清丽可爱的人鱼公主。

黎悦说:"各位,都准备好了吗?"

苏真有些兴奋地说:"当然了,这回终于轮到我扮鬼了。"

入夜,素月皎洁如银。安静的老街上,一个穿着白裙的女孩,不声不响地站在月光里。方兰扶着爷爷,站在门前。

爷爷激动地说:"是素江回来了吗?"

白裙女孩点了点头。

爷爷顿时老泪纵横。他说:"我就知道是你。你还恨不恨我?"

女孩摇了摇头,说:"我从来就没恨过您,我只是恨我自己,这么多年,没能照顾您。对不起。"

说完,她就转身走了,消失在淡淡的夜色中,只留下老泪纵横的爷爷和四个在黑暗里掩嘴偷笑的女孩。

如果

文 / 孙建业

人如果有了心事,就总喜欢找点儿景物来寄托。或许景物和心境并不能很好地结合,达到空明的境界,但人在凝视着某个景物的时候,总会产生些迷离的幻想。他似乎就是这样一个人。在某个普通的夕阳西下时分,他站在卧室的窗户前眺望着西方,他的视线里,有一排松树总是遮遮掩掩,似乎不希望让他看见即将西落的太阳。

——孙建业

  人如果有了心事，就总喜欢找点儿景物来寄托。或许景物和心境并不能很好地结合，达到空明的境界，但人在凝视着某个景物的时候，总会产生些迷离的幻想。他似乎就是这样一个人。在某个普通的夕阳西下时分，他站在卧室的窗户前眺望着西方，他的视线里，有一排松树总是遮遮掩掩，似乎不希望让他看见即将西落的太阳。北京的风很大，因此尘土很感激风，是风给了它们联手遮挡阳光、率先在人们面前耀武扬威的机会，同时也令人感受到它们背后的那个太阳的沉沦。他不禁可怜起这个太阳，是风泯灭了太阳的锋芒，在风的暴戾下，低迷了一整天的太阳只好缓缓西坠，伴随着一脸羞愧的红。透过那些枝枝蔓蔓，他忽然感受到了太阳的心碎。

  门开了，他拉着行李箱进来，门又被风吹着自己关上了，发出一声闷响。这是一间老式的大三居，位于一座六层板楼的顶楼。房间虽没有经过装修，但也还算整洁。他推开自己房间的门，一股很重的粉尘味呛得他连打了好几个喷嚏。才出差不过七天，桌上，茶几上，电视机上，已经落了薄薄一层土，空气中也能清晰地看见曼舞的尘埃。屋里很闷热，有些让人透不过气。他的T恤衫早已被汗水湿透，贴在背上。他推开卧室的窗户，并未感到一丝凉爽，这才想起对面的房门还紧闭着。

他走到门口，习惯性地敲敲门，起床没？她总是这时才起床。没有回应。他忽然自己乐了，拧开锁，房间里空无一人。推开窗，有风了，很凉快，吹在湿衣服上，甚至感觉有些冷。床还在，床上的被褥也在，只是墙上贴的那些照片不见了。那些照片，他还记得，她曾经问过他："我那时好看还是现在好看？"他的回答简单而没有创意："都好看。"她笑了："我也觉得是。"

　　尽管是白天，他还是习惯性地摁下开关，灯没亮。再一看，灯泡没了。他忽然有些欣慰，因为这灯泡是他临走前刚给她换的。他还记得那天晚上，他和她站在房间里仅有的一把能站人的椅子上，她举着手机，靠着手机屏幕的那点儿亮光，他对这盏快成为文物的灯摆弄了好久……然后呢？然后灯泡终于安装好了。

　　书架上的书已经被取走，只剩下一个没有相片的相框和一小篮零零碎碎的小饰品，这些饰品在她住进来之前就已经存在。他又来到客厅，饭桌上还摆着那只五百瓦的小电饭锅，锅里干干净净的，显然他走后她一次也没用过，当然，走之前也没怎么用过。他想，如果她不那么早地离开，或许，他们还会再买些别的。他曾经看着她在一台降价的豆浆机前驻足了一分钟，最后说了一句："买豆子是不是很麻烦？"

　　打开冰箱，还剩下两个鸡蛋、半瓶汇源果汁和几袋牛奶，这是他临走前剩下的，她没碰过。不再有其他与她有关的东西了。他有些不甘心，返回她的房间，沿着床，沿着墙，顺着书架，仔仔细细地寻找着。他希望能发现一张字条，一幅画，或者是某件她心爱的却忘记带走的物品。最后，他在床底下，发现了那只他亲手安装上的灯泡，灯丝已经断了。

　　他捡起那只坏了的灯泡，随手丢进垃圾桶里，环顾四周。

"你以后就打算住在这了?"

"是啊,周围的环境多好,安静祥和。"她站在吧台后面擦拭着杯子。

"那是白天,晚上呢?"

"晚上?晚上挣钱呀。"

他站起身,掸掸身上的尘土。"时间不早了,我该回去了。"

"别走啊,你帮我收拾了那么半天,我应该请你吃饭的。"

"等开张了再说吧。"

"别走,陪我会儿,可以吗?"

她按下CD机的按钮,音箱里奏起了轻音乐。他再次环顾这间不足二十平方米的小屋子。

"我不明白,你为什么要接手这个地方?"

"我喜欢这个酒吧的名字,壁髻娃娃。你看,窗户上贴的剪纸很像我吧。"她出神地看着那些中国古老图腾的剪影。

"这儿连暖气都没有,现在还好点儿,天冷了怎么办?"

她笑笑:"还能怎么办,先扛着呗。"

"要不……你住我那儿吧。"

"什么?"

"我意思是说,我那是间三居,就我一个人住,空着也是空着。"

"你一个人,为什么租那么大的房子?"

"我……"

"我想想吧。"

他笑笑,转身看向门外,门口挂着的一排红灯笼有一盏似乎不太亮了。

后来他经常想,如果她没有去他家住会怎么样,虽然最终她还是去了。人们总喜欢在事后开始想如果的事情。但是如果不会发生，时间不会倒流，穿越更只是梦想而已。他又开始寻思，当时她是怎么想的。明明知道前面可能是虎穴，但她还是义无反顾地去了。女孩是一种奇怪的动物，有时候看见一只老鼠都会吓得晕死过去，有时候却会为莫名的原因去冒险。他至今也不明白她当时的想法，甚至连他自己当时的想法都记不起来了。换作现在，他反倒不会贸然让一个异性跟自己同住。这也是一种冒险。

天色渐暗，她的东西却还没有收拾完，随手摁下开关，伴着轻微的爆裂声，灯闪了一下，又灭了。她显得有些无奈，站上椅子，吃力地拧下灯泡，果然是灯丝断了。看来今天走是对的，因为明天他就回来了，她这样想着，随手将灯泡丢向垃圾桶，却没丢进，眼看着它滚进了床底下。她弯下腰，将剩下的东西胡乱扔进行李箱，拖着箱子到客厅，继续收拾。

她现在要走了，就像当初来的时候一样决绝。或许她当初决定搬过来就是一个错误。但她不愿意承认。她觉得自己当时肯定疯了，搬到一个陌生的地方跟一个不是很熟的男生住在一起。这种非正常的组合，有时候是浪漫喜剧的开始，有时候也可能是恐怖电影的片头。她不愿意想太多，至少住在这里的日子还不算恐怖，但也绝不浪漫。或许自己是想当然，幻想有一个美丽的开始，却没料到会寂寥地离去。女孩一旦停止幻想，就变得毅然绝情，她也无法免俗。她来或许是因为寂寞，离去或许还是因为寂寞。女孩需要宠、需要爱、需要被满满的关心包围，这些应当都是理所当然的，至于为什么要这么多，女孩很少问为什么。她觉得自己也是个普通女孩，来了又走，在寻找、在等待，只是到底在寻找什么，她也不清楚。前方到底是什么，只是跌跌撞撞、懵懵懂懂地往前走去。看不清是最好的，看清了，反倒没有那么多的期许和幻想，说不定就不再走了。但她还那么年轻，是需要折腾的年纪，当不再新鲜，就要重新启程。她问自己，去哪儿，是去旅游吗？但是谁陪自己呢？留下吗？已经不再觉得新鲜刺激，应该走了。她决定赶快，在他回来之前，否则要解释一堆离开的理由。最主要的是，理由是什么自己都不知道。但是过去的日子真的那么没有回味吗？或许还是有一点儿甜味的。

客厅的桌上放着那只五百瓦的电饭锅，锅里煮着热气腾腾的方便面。加班回来已是半夜，他又从冰箱里取出一枚鸡蛋，刚打进锅里，就听见了急促的拍门声。

"你怎么来了？"

"有吃的吗？"

她喝完最后一口汤，抹抹嘴，一脸的意犹未尽。

他从次卧里出来："床已经给你铺好了，被褥枕头都是新的。"

"我说过我今晚会住这儿吗？"

屋里的灯泡坏了，明天给你换只新的。

她笑了，举起空碗："还有吗？"

她第一次觉得方便面那么好吃。以前她是那么讨厌里面的防腐剂的味道。她都为自己的行为感到惊讶。他默默将碗筷收走，又默默地煮面，并往里面又打了两个鸡蛋。她默默地看着他，就像看着一幅漫画，一个人偷偷地乐。她觉得她更爱看他煮面的样子，很专注，很认真，这可比面条和鸡蛋本身更吸引人。原来她更喜欢看人，当她意识到，她更肆无忌惮地笑起来了。

"我做错什么了吗？"

"你忘了放调料了。"

煮面原来是一件可以变得很邪恶的事情。邪恶得居然会让人产生幸福感,而这种幸福来得又太快,他们自己都没想到。她怪自己太直接了,一点儿都不含蓄。闺密说过,对待没感觉的男人一定要矜持矜持再矜持,矜持到他对你没感觉为止,她忘了。他也觉得费解,不就是一碗面吗?

鋆髻娃娃酒吧装点得古朴素雅,民族风味甚浓。门外的木制凉棚正对着波光粼粼的后海,她正修剪着竹藤上搭着的枝枝蔓蔓,他则坐在露天的椅子上,喝着一瓶店里最廉价的啤酒。一只小白猫猛然蹿到他的腿上,吓了他一跳。他抖抖腿,那猫也不理睬,竟懒洋洋要趴下。

"赚赚,赶紧下来,害不害臊啊,你还是个女孩儿。"

她笑着把猫抱开,揽在自己怀里。

他也笑了。"是女孩儿就对了,要是男的往我这儿钻就有问题了。"

"这是我收养的一只小猫,我和它可有缘分了,那天我都要关店门了,它突然溜进来,趴到吧台边上,眼巴巴地看着我。我觉得它好可怜,就把它收养了。"

"就因为它?"

"房东不是不让养动物吗。"

"其实……"

"对了,我给它起名叫赚赚,赚钱的赚,意思是保佑我多挣钱。"

"我是说,如果……"

"还有,前些天我认识了一个广告策划公司的老板,他让我做他们公司的兼职策划,你觉得靠谱儿吗?"

"如果……"

"没有如果。"

一个女孩,一间酒吧,一只猫,一抹落日的余晖,这才是一幅画。他想好好珍惜,但是这一切跟他真的没有关系,他只给她煮过面而已。一个开酒吧的女孩,一间名字带娃娃的酒吧,现在的女孩真的不想长大。女孩都需要被宠着,就像娃娃一样。他不适合她,他自嘲地笑笑,将手中最廉价的啤酒一饮而尽。

入夜的后海,灯光很旖旎,只能说灯光,如果没有灯光,只能是一个海子。有很多人在后海厮混。他不知道为什么会有那么多人喜欢后海。那么吵,那么乱,那么令人不安。后来他才知道,全国各地都有后海,都是那么吵,那么乱,那么令人不安,却又那么令人乐此不疲。看着那么多人在酒吧里那么大声地吼着,那么玩命地蹦着,他终于醒悟,原来有那么多不高兴的人,有那么多一边喝酒一边哭泣的人。人高兴需要发泄,不高兴更需要发泄,只是发泄的方式都一样罢了。

无论客人多么躁动,她都抱着猫静静地坐在外面,仿佛只是看客。当然如果有人要开始砸东西了,她会走进来,轻轻地说:"别闹了,海就在外面。仿佛是魔咒一样,客人就安静了。他替她捏把汗,她是什么意思?海在外面,现实在外面,砸碎任何东西都是于事无补的,当然也可以跳进海里,世界就安静了。或许就是这个意思。他一开始不知道她为什么要开酒吧,现在他有点儿知道了。她只是搭了个舞台,让各种人来唱自己的人生。唱完还得给钱。她不是寻常人。

起风了。他又站在窗前,看着挂在树丛间的那个心碎的夕阳。到底是什么让它如此心碎?是风?太阳不愿意随风,它知道风向太过凄迷了。所以风不会放过它,天天折磨它。可是他不一样,他必须随风,随缘,他无法抗拒,她也是。人的记忆何尝不凄迷?真实的忆痕永远被人着墨于心底,可他急于将之重现,何必呢?想知道为什么越回忆就越会忘却吗?当你回忆的时候,你只能回忆一件事情的始末,因此你必然忽略了游走在事情周边的一切。于是你只能回过头来,淡忘你先前回忆的内容,去捕捉那些零星点滴。如此往复,越渴望完整,就越残缺,记忆就慢慢变得杂乱无章,变得模糊,变得暧昧,变得连你自己都不会相信了。

闹铃响了,他看看时间,九点整。

他走到门前,轻轻敲门。"起床没?"

"大哥,今天是周末啊!"她的声音慵懒而充满抱怨。

"你昨天不是说,上午有个活动吗?"

数秒钟沉默,门忽然开了,她穿着睡衣,顶着一头乱蓬蓬的长发瞪着他。

"对不起,我忘了。"

"没事,我替你记着呢。"

"我是忘了告诉你,活动取消了。"

"噢,那你继续睡吧。"

"等等,家里还有方便面吗?"

"本来是有的,但昨天被你吃了。"

她默默地关上门,数秒,门再次打开,已经换了一身休闲打扮。

"走吧,去超市。"

"干吗?"

"买方便面啊。"

又是方便面,他不明白,为什么她和他在一起,就只知道吃方便面?

她用筷子挑起碗里最后一根面条,仔细端详着。

你说:"方便面这东西吧,不便宜,也没什么营养,可为什么那么多人爱吃呢?"

他想了想,忽然觉得她是在说自己,能给她提供一些实惠,却不能给她更多的浪漫,正像这方便面,能让人填饱肚子,却不能给人更多的营养。

"你在想什么?"

"我在想,下一包,你打算选哪种口味的。"

行李已经收拾好,她抬手看看表,时间还早。打开冰箱,还剩下两个鸡蛋,半瓶汇源果汁和几袋牛奶,这是他临走前剩下的,她没碰过。她忽然想起,如果那天在超市,她让他买下那台降价的豆浆机……算了,没有如果。

推开房门,他愣住了。

"你怎么进来的?"

"你给我的钥匙,你忘了?"

"我是说,你为什么会睡在我床上。"

"我屋里的灯又灭了,我害怕。"

"那行,我去你房里睡。"

"等等。"

他转过身,见她穿着单薄的睡衣慢慢起身。

"你回来了正好,替我把灯泡装上吧。"

"你怎么知道还有新的?"

"我就是知道。"

他和她站在椅子上,她举着手机,手机屏幕上那点儿亮光却不足以照亮那只快要成为古董的灯罩。

"就不能明天再换吗?"

"明天你不是要出差吗?"

灯亮了,他这才发现,自己从未与她离得这样近。她并未回避他的目光,轻轻抱住他。

"今晚,我是你的。"

"我……我身上脏,全都是汗。"

"闭嘴。"

当她的嘴唇即将吻上他时,他不禁后退了一小步,对于椅子来说,却是一大步。

酒吧里已经不剩什么了,地上散乱地堆放着搬迁遗下的杂物,墙上的各种装饰画都被取下摞在一边,布满褶皱的墙面如同卸妆后的半老徐娘。

"这就结束了?"

她说:"是啊,看客也会累的。听了那么多故事,需要时间来消化这些难咽的碎片。"

她站在凳子上,将窗上仅剩的那张蝥髻娃娃的剪纸小心地揭下来。

"这个我要留着,以后看见它或许能回想起我在这里的日子。"

"只有这里吗?"

"扶我下来吧。"

"你真打算离开北京?"

"赚赚上星期跑丢了,再也没回来。人家都说猫嫌穷,还真的应验了。现在我又成了穷光蛋,还得向我老爸要钱花,你说我还有什么理由留在这儿?"

"真想留下的话,理由总还是有的。"

"北京的风太大了,不适合我。"

"可我是因为你才留下的。"

"那你现在肯为了我再离开吗?"

"如果……"

"别说了,没有如果的。"

他们心里都知道,他们只不过都是寂寞的过客,暂时搭伙住在一个屋檐下。该走的还是要走的。早点儿放开不属于自己的东西,皆大欢喜。

"脚还疼吗?"

"疼。"

失踪之谜

文／双人鱼

  有些重要的宴会，我还是继续扮演飘飘。哪怕知道梁辰是黄金圆蛛，也还是抵不住那金色光泽蛛网的诱惑。如同吸食鸦片，明知伤害身体，却仍然舍不得那片刻间的极乐享受。只是，我坚守自己的底线，从不去他给飘飘种下满园玫瑰的房子。

——双人鱼

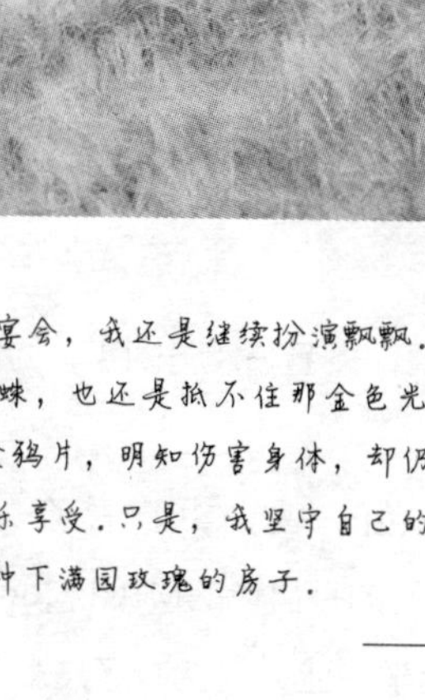

【1】

我的手被针扎了三次后,我决定放弃今天的工作。

我在缝制一件婚纱,在轻薄如蝉翼的水晶纱上绣999朵玫瑰。情侣们都被那首歌给害了。

工期三个月,9万块。999朵玫瑰,还差半朵就完工。下午新娘过来试穿,婚礼定在后天。

为着我的手指着想,我把婚纱搁置一旁出了门。我从不强迫自己,否则反而会把活儿做砸。

取车时,我的车旁停了辆黑色的奥迪A8L。看了《玩命速递3》后,我喜欢上了这款车,不过我开的是白色的MINI Cooper。很多人认为我是小三儿。首先,我刚大学毕业,就拥有了这款车;其次,据说MINI Cooper是小三儿专属座驾。我懒得解释。

我8岁学画画,12岁给布娃娃做衣服,14岁学刺绣,18岁学服装设计,19岁为别人定制礼服,21岁有了自己的工作室,买了MINI Cooper。钱都是我自己挣的,因为我跟有钱人做生意。

我过第三个路口时,发现那辆黑色的奥迪在跟着我。

我跟有钱人做生意,被有钱人跟踪却是头一遭。我从反光镜里看到,开车的是个年轻男子。

我是个很务实的人，从不做白日梦，所以也不奢望被高富帅追。

我把车子开到"纯野咖啡馆"，我经常来这里。屋子里每个角落都摆放着鲜花，百合、玫瑰、勿忘我、薰衣草等。音乐萎靡颓废，安静空灵。我经常在这里打发时间。

上午的咖啡馆里几乎没有人，我很轻易坐了个靠窗的位置。我点了咖啡，看着窗外发呆。

我看到高富帅也进来了，坐了个靠窗的位置，不时向我这边看过来。

就这样过了约莫一个小时，后来我决定走了。我起身时，他向我走了过来。

我看着他俊俏的脸。他先开口了："你好，我是飘飘的未婚夫，你知道飘飘去哪里了吗？"

一听飘飘，我脑海里立即浮现出那个长发飘飘、笑起来眼睛像弯月、如同瓷娃娃的女孩。

我缝制的带有999朵玫瑰的婚纱正是她的。

三个月前，她来到我的工作室，说从朋友那里看到我的照片和我缝制的礼服。

她一见到我，就说："你一定是我妈跟别人生的。"

我俩长得极像，像双胞胎，除了她笑的时候眼睛如弯月，而我不怎么笑。我见到她也感觉意外。我说："有人长得像奥巴马，但他妈不是奥巴马的妈。"她说，"那他爹一定是奥巴马的爹。"

我笑了。她是个可爱的女孩，我喜欢她。我一向不喜欢我的客户，那些女人对我总是很挑剔，其中有不少是小三儿扶正的，因为之前受过百般羞辱，所以想在我这里找平衡。她们花了大笔钱，把自己当成上帝。领口得低点儿，袖子用蕾丝，裙摆加更多褶子。我对她们的要求照单全收，我不跟她们谈美学，只谈条件，加不菲的修改费，于是她们用钱砸我,她们的未婚夫有的是钱。

飘飘在我的设计图中选了一张,999朵玫瑰。

我的规矩是首付一半,交工时付清尾款,而她当天就付了全额。

昨天,她打电话问我婚纱的进度。我约她今天下午来试穿。

我跟高富帅说了我与飘飘交往的全过程。

高富帅说飘飘不见了,他查到她最后一个电话是打给我的,于是他找到了我。

他说见我第一眼时,以为我是飘飘。

我知道我跟她像极了。

我突然觉得飘飘是故意的,她三个月前出现在我的工作室就预谋好了。

我在她笑如弯月的眼睛里,跳进了她设计的陷阱。

【2】

我和飘飘约定在下午四点试婚纱,她答应了。

我于是对高富帅说:"不如你去我的工作室碰碰运气,也许她会出现。"

他同意了,买了单,连同我的那杯咖啡。

于是,我们又回到了我的工作室。

我继续绣那半朵玫瑰,高富帅则坐在一旁的沙发里,一身质地上乘的白色休闲装,令他散发出一种高贵冷峻的气息。午后的阳光透过窗格洒在他的脸上,使得他的五官轮廓更加棱角分明。我得承认,他有一种让人难以抵抗的魅力。

屋子里很安静,只有墙上一只老式挂钟嘀嗒嘀嗒的声音。

我把那半朵玫瑰绣完了。

他走到我跟前,用手轻轻摸着那些玫瑰,说:"飘飘最喜欢玫瑰了。"

我说："我知道。"

飘飘曾坐在他坐过的那张沙发里,满脸幸福地对我说,她最喜欢玫瑰,热烈奔放。她的未婚夫在她窗外的园子里种满了玫瑰,她每天早晨醒来,就能看到那些盛开的玫瑰。

她对我一见如故似的,那天对我说了很多话,说起她和她未婚夫的故事。

他们相识于巴黎郊区的一个小镇,一次浪漫的邂逅拉开了一场爱情的序幕。像很多爱情故事一样老套,但是真实且安稳,她就要成为他的新娘了,不是所有的恋人都能修成正果。

所以她幸福而骄傲,带着一种小小的虚荣,像所有来我这里定制婚纱的准新娘一样。

她们有这资本,不是每个新娘都穿得起上万块的婚纱,不是每个新娘都能嫁给高富帅。

每每那时,我给她们一只耳朵,听了就忘了。我只是个裁缝,我不关心她们所嫁的是何人,只关心她们定制的婚纱,款式、工期、成本、利润。我对客人的热情远不及对布料的浓厚。我清楚自己,不过是个势利的市井小人。母亲早就告诉我,凡事要靠自己,不要指望男人。她一个人把我抚养长大,对男人心灰意冷。我多少受了她的一些影响。

我对客人热情有限,但飘飘是个例外,因为她长得像我,看着她宛如看着自己。

飘飘不停地说她的未婚夫,说他来自另一个星球,是非人类,帅得没道理,酷得没天理。

她说："你要见了他,绝对无力招架,立马束手就擒。"

她一边说一边笑,眼睛笑得像弯月,像童话故事里的公主。

我不禁暗笑:"你未婚夫跟我有什么关系,谁要见他?"

可是,谁能料到呢,他找上门来了,不见也得见,而且他真的很迷人。

我脑海里浮现出飘飘的笑,她看到了我的心。

我挂好婚纱,煮了壶咖啡。

我和高富帅坐在沙发里,一边喝着咖啡,一边等飘飘。

他身上有种淡淡的青草的味道,很好闻。

飘飘说过她正是因为这种味道而爱上他的。

时间过了四点,飘飘没有来,过了五点,她依然没有来。

我和他相信,飘飘不会来了,她真的失踪了。

他留给我一张名片,说如果飘飘联系我,请第一时间通知他。

我接过名片,他叫梁辰。

梁辰,良辰?

"良辰美景奈何天,便赏心乐事谁家院?"

【3】

飘飘没有联系我。

第二天傍晚,梁辰来到我的工作室,他希望我扮成飘飘帮他完成婚礼。

明天的婚礼,请柬都发出去了,来不及取消。"我知道我的请求很荒唐,但是我不想成为大家茶余饭后的笑料。"

他看着我,目光深邃。我避开他的眼神,视线落在那件绣着999朵玫瑰的婚纱上。

他走过去,取下婚纱,递给我,说:"你试试,应该可以的,你和飘飘的身材差不多。"他的声音不大,但语气里有一种让人无法抗拒的力量。

鬼使神差，我接过了婚纱，走进了更衣室。脱下身上的衣服，穿上婚纱。非常合身，仿佛就是为我自己量身定制的。

我穿着婚纱走出来，他愣了一下，随即走到我跟前，解开我的发绳，我的长发披散开来。

我看着镜子里的人，不再是我，是飘飘，长发飘飘的飘飘。

他呆呆地凝视着我，良久，从我背后轻轻抱住我，喃喃而语，"飘飘。"

他的声音沉醉迷人。

我听到我的骨头变得酥软的声音，仿佛浸泡在某种化学液体里，一点点被腐蚀溶化。

婚礼如期举行，在一个叫玫瑰庄园的度假村。时值五月，满园的玫瑰开得团团簇簇。

我穿着那件绣着999朵玫瑰的婚纱，化着很浓的新娘妆，以免有人看出破绽。再怎么像飘飘也只是像，我们俩终究不是同一个人。

梁辰紧跟着我，周旋于客人之间，巧妙应付。他身着剪裁得体的白色礼服，更显得俊逸不凡。

有女人拉住他的袖子，半真半假地嗔怪："你这下把我的心都伤透啦。"

他只是微笑，拉着我走到别处。

宾客如云，华服丽裳。

有珠光宝气的女子称赞婚纱，问是否是在巴黎定制的，报出一串品牌名，又说没见过此款。

如果此时我不是飘飘，我肯定不会放弃这个拿订单的机会。

999朵玫瑰是9万块，1999朵是19万块。去年有个客人定了1999朵的，工期六个月。飘飘本来也想定，但她等不了六个月，问我是否可以加班，她愿意付双倍价钱。但我从不做工作狂，所以我拒绝了她。

她钻进她的红色小跑车时，笑着对我说了三个字："你真狠。"

我依旧微笑。我不知道自己是否真狠，只知道我按自己的意愿生活。

所以，我难以让人接近，没有男人和我谈恋爱。能百般包容郝思嘉的白瑞德只在小说里。

梁辰在我耳边低语："不好意思，害你失去好些订单。"他似乎猜到我的心思。

温暖的气息钻进我的耳朵里，我的脸有些发热。

"我会补偿你的。"他又说。

我不知道他将如何补偿。给我支票，还是？

华服丽裳的宾客，隆重奢华的婚礼，以及那些对他贼心不死频送秋波的女人，我用脚趾都能猜到梁辰身价不凡。

但我猜不到飘飘为何要突然失踪。

婚礼顺利举行，司仪站在我和梁辰跟前，问一个是否愿意娶，一个是否愿意嫁。

梁辰说愿意，我也跟着机械地说愿意。

梁辰给我的无名指戴上了一枚硕大的钻石戒指，女星最爱炫耀的鸽子蛋。

宾客们掌声如雷，有女人尖叫。

飘飘有她骄傲的资本。梁辰给了她一个女人想要的一切，满足了一个女人的虚荣。

女人羡慕的目光牢牢把我包围。

我不禁暗笑，你们何必羡慕我呢，我不过是个演员而已。走出这个度假村，你们眼见的一切都与我无关。这都是属于飘飘的。

宾客嚷着要新娘新郎接吻。

我不敢看梁辰，脸烫得厉害，手心出汗。我没谈过恋爱，没和男人接过吻。

接下来，是怎么被梁辰搂进怀里，怎么被他吻住唇，我弄不清了，只觉得脑子里仿佛有一朵非常艳丽的花朵，哗地一下突然绽放开来，我到了一个奇妙的世界。

婚礼结束，送走最后一拨客人。

我和梁辰回到总统套房。

我准备脱下婚纱换回自己的衣服。

梁辰拉住我说："你，没有谈过恋爱吗？"

我脸一热，这仿佛影视剧里的那种嘲讽。他是怎么识破的，因为我不会接吻吗？

我说："没有合适的人，我不太好相处。"

他看着我，然后把我拉到怀里，说："让我试试，做我的飘飘吧。"他的声音无限温柔。

我愣住。

假戏真做？！

他低下头来，吻我的唇，从轻柔到激烈，带着青草的清香。

我渐渐沦陷，突然，脑海里浮现出飘飘的笑脸，刹那间，我猛地醒过来，推开了他。

他愣住，看着我，说："对不起。"

他转过脸去，我看不到他的表情，但能想象到他的悲伤。

飘飘说她有次和朋友去郊外玩，手机没电了，他疯了似的找她。当他找到她时，紧紧搂住她说不要让他找不到。那一刻，她决定把自己嫁给他，她原本没打算这么年轻就嫁人的。

这次他疯了也没有找到飘飘，他找到的只是一个影子。

我脱下了婚纱，摘下了鸽子蛋。

我还是做回了我自己。

【4】

婚礼一个星期后,艾米带了个客人来我的工作室。

艾米是个自由摄影师,背个相机满世界跑,据说已到过60个国家。我刚成立工作室时,想拍个宣传画册,有人向我介绍了她,由此我俩得以相识。她偶尔来我这里坐一会儿,说没来由地喜欢我这里,又说她可能太好动了,想在我这里静一静。

她偶尔也给我介绍客人,飘飘就是她介绍来的。她说她定制结婚时的婚纱,要我给她打五折。

艾米带来的客人挑选设计图时,我俩坐在沙发里喝咖啡。

你说怪不怪,飘飘结婚第二天,我在机场碰到她一个人,说是去法国。

我一听飘飘两个字,心底某根弦突地被什么碰了一下。

怎么会一个人度蜜月呢,该不会是和她老公出问题了吧?

艾米犹在说着。

我张着耳朵,后面什么也没听进去,只想着飘飘究竟要导演怎样一出戏。

我脑海里浮现出飘飘笑得弯月一样的眼睛,怎能想到她眼睛里藏着怎样的秘密?

客人挑了件婚纱,付了定金。艾米和她一同走了。

我给梁辰打了个电话,说起艾米在机场见到飘飘的事。

梁辰说知道了。他的声音听起来并无惊讶,和往常一样平静。

随后,他来到我的工作室。

我正在缝制婚纱,没有玫瑰,纯白的水晶纱,只用少许蕾丝点缀,低调朴实。这款婚纱当时飘飘只一眼扫过,没做一秒钟的停留。

梁辰坐在沙发里,看着我飞针走线,问,长时间一针一线地工作,会不会吃不消?

我说:"习惯了。飘飘那样的运气不是谁想要就会有的。"

"只要你愿意就会有。"他说。

我一愣,手停了下。

我问:"你是不是早就知道飘飘去法国了?"

"是的。"他说。

"她说你们在巴黎郊区的一个小镇认识的,她会不会在那里?"

"没有,我去过了。"

她打定主意从他的世界消失。

我不再说什么了。

他一直坐在沙发里,直到我收工,然后他请我去吃饭。

他带我去了一个安静的西餐厅,各个角落都摆放着鲜艳的玫瑰。烛光摇曳,玫瑰在灯影里更显妩媚动人。

我猜想他以前经常带飘飘来这里。但我懒得问了,我坐在他对面,享受着美味的食物。虽然我大多时候在低头吃东西,但能感觉到他凝视我的目光。

他应该很爱飘飘,不然不会对相似的女人都如此用情。明明只是一个外壳,却依然迷恋。

"可否帮帮我?"他看着我问。

原来世上真没有免费的晚餐,他请我吃饭是有缘由的。

"怎么帮?"我迎着他的目光。

"做飘飘。"

还是那个问题。他有些无法推掉的宴会邀请,需要梁太太一同出席。

在他深邃的目光注视下,我最终放弃我的原则,我又变成了飘飘。

我挽着梁辰的手,我们如同一对天造地设的金童玉女,优雅地穿梭在宾客之间。

他对我彬彬有礼,举止得体,不越雷池半步。他只要我扮演飘飘,做他的梁太太。

人们叫我梁太太。我叫别人张太太、李太太。

这样的次数多了,我有时分不清我是谁,飘飘是谁。

我在工作室缝制婚纱时,耳边会突然回响别人叫我"梁太太"的声音,我和梁辰参加宴会时,耳边又会突然回响别人叫我"苏小姐"的声音。

我天生不是做演员的料,一人饰演不了两个角色。

我想跟梁辰摊牌,我帮不了你,但每次话到嘴边,没来得及开口,就被他的眼神生生抵了回去,他仿佛总能准确地猜到我的心思。

他如同一张细密的网,只要你粘上,就会把你牢牢困住,逃脱无门。

不记得在哪里看到一篇介绍蜘蛛的文章,说有一种黄金圆蛛,吐的丝有一种金色的光泽,它们用这种蛛丝编织出复杂漂亮的图案,能吸引蜜蜂甚至鸟类等,它们一旦被这蛛网粘住,便很难逃脱,因为这种蜘蛛丝的强度相当于钢丝。

我看着有着迷人气质的梁辰,突然想到这种黄金圆蛛,心底打了个寒噤。

飘飘可是那只想逃脱的猎物?除此,我找不到她离开他的缘由。

"你听说过黄金圆蛛吗?"

他送我回家的途中,我坐在副座上,突然问他。

他没有回答我,只顾看着前方的路。

"你知道的吧?"我追问。其实,他的沉默给了我答案,但我偏要他亲口回答。

"嗯。"他终于点头。

"那你也知道飘飘为何会失踪,对吧?"

"嗯。"他又点头。

原来如此。

我的脑海浮现出飘飘那张笑得眼睛弯弯的脸,她如此聪明,把我当作替代品来充当他的猎物。

我迷惑于他有着诱人光环的外在,殊不知,那张散发着金色光泽的蛛网会把我牢牢困住。

车子停在我家楼下,我下车时,他拉住我,说:"我真心爱过飘飘。"

我相信,不然他不会给她一场盛大的婚礼。但是没用,爱不是占有,不是让人慢慢死掉。

我很少见梁辰了,他也极少找我,大家都不想太尴尬。

但有些重要的宴会,我还是继续扮演飘飘。哪怕知道梁辰是黄金圆蛛,也还是抵不住那金色光泽蛛网的诱惑。

只是,我坚守自己的底线,从不去他给飘飘种下满园玫瑰的房子。

【5】

婚礼过去三个月后。

我收到一封邮件,是飘飘发来的。

苏:

你好!

你收到这封邮件时,我已经去了一个美好的地方,天堂。

惊讶吧，哈哈，还是祝福我吧。

你和梁辰现在很好吧？是不是一直纳闷儿我为何突然失踪，为何把你推到梁辰的身边？

或许你有上百种答案，但很遗憾，答案都是错的。因为知道正确答案的，只有我自己。

我得了白血病，在我准备和梁辰结婚前三个月检查出来的。

你知道这对于我有多么残酷，我就要做世界上最幸福的新娘了，老天偏要把我打进地狱。

刚开始的日子里，我痛苦至极，简直是生不如死，那种痛你永远不会明白的。

我不敢告诉梁辰，因为我太爱他了。他也爱我，就像我爱他一样热烈。

但是男女之间的爱情像玫瑰花一样，热烈地开放后总会凋零。如果我不在了，总有一天，他会爱上别的女人，娶别的女人，天长地久的爱情都是童话里骗人的。

可是我那么爱他，怎么舍得把他让给别的女人呢？他说过一辈子只属于我的，如果我死了，怎么保证他不会属于别人呢？我死也不能接受他和别的女人在一起。

我无法让他到天堂陪我，虽然我动过这种念头，生在一起生，死在一起死。

但是，我没有选择他生死的权利，我只能选择让他长久爱我的方法。所以，当我第一眼看到你的照片时，我就知道我找到方法了。我相信这是老天的旨意，不然为何我会遇见你呢？

与其让他爱上别的女人，不如让他爱上你。他看到你会想到我，会提醒他我的存在。从此，不论我活着还是死了，我始终在他身边，他也始终属于我。

我相信梁辰的魅力，只要他靠近你，你是无法抵抗的。

当我看到你替我参加了婚礼，就知道一切正朝着我设想的方向前行。

于是，我安心地到了一个没人打扰的地方，走完我最后的人生。

我在巴黎找了个设计师，按你的设计图做了件一模一样的婚纱。我穿着它进了坟墓。

苏，继续爱吧，好好爱吧，我永远和你在一起，我是你，你是我，永不分离。

飘飘

原来如此！

我呆呆地盯着电脑，脑海浮现出她的笑脸，心里五味杂陈，有些痛，有些说不出的味道。

我为她设计婚纱，她为我设计人生。做她的影子，霸道地占有梁辰的灵魂。她才是真正的黄金圆蛛。

我如何找她理论？

我把邮件转发给了梁辰。

他没有回复我，直到第三天下午，他来到我的工作室，脸色看起来有些憔悴。

想必他痛过。

"你愿意和我在一起吗？"他问。

我正在婚纱上绣一朵安静的百合，不是所有的花儿都会像玫瑰那样热烈。

"愿意吗？"他又问了句。

我看着他那张英气逼人的脸，最后还是摇了摇头。

一丝失望闪过他的脸，很快他恢复如初，说："记得我说过补偿你吗？你想要的我都给你。"

"包括对飘飘的爱吗？"我问。

他说："你不正是飘飘吗？"

我说："不，我是苏。"

后来，他走了。

后来，我还是做回了我自己，我只想做我自己。

后来，有一天，艾米来到我的工作室，要我给她做婚纱，她终于要把自己嫁掉了。她说跑了太多地方，累了，想休息。

她坐在梁辰和飘飘坐过的沙发里，看着我，问："你不想知道我嫁的人是谁吗？"

我说："跟我有关吗？"

她说："当然，是梁辰。"

我愣住。

梁辰，良辰？

"良辰美景奈何天，便赏心乐事谁家院？"

我看着艾米那张生动明艳的脸，艾米看着我笑，眼睛大而明亮，像闪烁的星星。

"本来嫁给他的人可以是你，但你放弃了。"她说，盯着我的脸，仿佛洞悉一切。

我懒得问她为何知晓我和梁辰的秘密，以及她和他之间的来龙去脉。

我转过脸去，午后的阳光透过窗格洒在我的脸上，我脑海里浮现出阳光洒在梁辰脸上的情景。恍若昨日，又仿佛很久远了。

"是不是很可惜？"艾米问。

我笑，站起身来，拿设计图册给她，说："你喜欢哪一款？"

"1999朵玫瑰的。"她说。没有看设计图。她原来是了解飘飘的，但她要的比她更多。

19万元，一分没少，她不要我打折。工期六个月，她等得起这时间。

艾米也一次性付完了全部金额，走了。

我看着那1999朵玫瑰婚纱的设计图，飘飘跃然纸上，眼睛笑得如弯月。

月亮和星星，梁辰更喜欢哪一个？

总之，飘飘还是失算了，梁辰还是爱上了别的女人，我还是没有她期望的那样迷恋他。

我们都是自私的人。

沉默的诺查丹玛斯

文/何 慕

处于被催眠状态时，潜意识占据主导地位，提取当时的部分记忆碎片，进一步按照各种可能进行脑补，产生幻觉。与此同时，意识本身试图夺取控制大脑的权力，它不断地搜寻前几次催眠后留在脑细胞中的类似记忆，产生莫名其妙的已发生感，提醒我这个世界的不真实。

—— 何慕

从大宅里出来的时候,夜色已经很浓了。

那辆大众途观还停在远处,像只潜伏在黑暗中伺机捕食的怪兽。浩子一言不发地拉开车门,随即,发动机嘈杂的嘶吼打翻夜色。天尚摸了摸鼻子,瞄了我一眼,坐进了车里。我站在原地,回头看了眼已经完全陷入黑暗的大宅,有些犹豫。

"安啦,荣仓,上车,别把他的话当回事。"天尚敲了敲摇下的车窗,"他不过是故弄玄虚,想引起妹子们的注意罢了,你真当他是诺查丹玛斯附身啊?"

我苦笑,无可奈何地坐进了车里。浩子踩下油门,车子开始沿着坑坑洼洼的道路启程。已经记不清是谁提议来参加这个"阴风惨惨怪谈会"了,其实我是不怎么感兴趣的。一群成年人找个传说中闹鬼的大宅,围成一个圆圈,讲各自的恐怖经历,想想都很幼稚。游戏的规则也很简单,每个人带着一根点燃的蜡烛,讲完所谓的亲身体验的惊悚故事之后,吹熄蜡烛。今晚每个人的故事都很无聊,不是听起来就很荒唐的撞鬼经历,就是虚无缥缈的乡村传说。我在草草讲完自己准备的故事后,就有些昏昏欲睡,直到那个瘦弱的男生突然出现状况。

我记得那时所有人的故事都已经讲完了,主持人正准备宣布活动结束,那个瘦弱的男生突然歪倒在了地上,翻着白眼,四肢抽搐,浑身不住地震颤。有人上去扶他，他却以一种奇异的姿势站了起来。

"以诺查丹玛斯之名起誓，天尚、浩子、荣仓，你们三个必将死于非命。"嘶哑艰涩的声音从他的喉咙挤出，让我打了个冷战。

黑暗中有人以为只不过是个恶作剧，大笑着叫道："伟大的预言家，他们死之前，有什么预兆吗？"

"天空将被地狱之火染红，未来之路断裂，三个月亮将出现在他们眼前，天罚降临，无人可以被救赎。"

"得了吧，这些景色怎么可能出现？你要想吓唬他们，也得说点儿靠谱儿的嘛！"黑暗中的那个人很不满意。

"我们为什么会死于非命？"另一边的浩子站起了身，冷冷地问道。

那个瘦弱的男生阴深地笑了起来："你应该去问梁静，或许她能告诉你……"他的声音戛然而止，犹如被倒空了的沙袋一般，颓然倒在地上。

浩子走上前去，踢了他一脚，却发现他已经昏睡过去。天尚把浩子拉开，叫上我，在众人注视下，走出了阴冷的大宅。

"我说哥儿几个都别死气沉沉的，我看那小子就是想出出风头。"天尚打了个哈欠。

"他说出了我们三个的网名。"我忍不住道。

"从活动组织者那里，很容易就能搞到这些东西，没什么大惊小怪的。"

"我的意思是，为什么他要针对我们三个。"

天尚愣了一下："说得也是，等明天我去摸摸今晚那小子的底细，看看他到底什么来路。"

浩子冷笑道："他提到了梁静。"

我沉默了一会儿："那不是我们的错。"

天尚叹了口气:"可梁静确实是因我们而死……你们说,那小子是不是跟梁静有什么关系,故意搞这一出来吓唬我们?"

"可这种匪夷所思的恐吓有什么用呢?他说的那些预兆,根本就不可能出现。"我摇了摇头,"而且,他把自己都暴露了出来,不怕我们找他麻烦?"

天尚挠了挠头,道:"你说的话也有道理,那小子到底是怎么回事?"

车子猛然停住,我的额头撞到了挡风玻璃,隐隐作痛。

"搞什么啊?浩子!"

"看前面。"浩子的声音依旧很冷。

我抬头看去,远处的天空被映得通红,犹如在燃烧一般。这是……怎么回事?拉开车门,我发现不远处还停着几辆车,这应该是浩子急刹车的原因。

一个身影向我们走来,大声喊道:"回去吧!前面没办法走了!"

"怎么回事?"天尚冲他喊道。

"交通事故!有辆油罐车爆了,淌了一地的汽油都烧起来了,把半边天都给映红了。"

"嚯,这么厉害?"天尚嬉皮笑脸的,想要说点儿什么,笑容却凝固在了脸上。我们看到了,走过来的人身上穿了件有些年头儿的皮衣,左胸处有个蹩脚的商标很显眼,是三轮并排的新月。转过头,路边的冰冷的路牌上,"未来路"三个大字在惨淡的星光下异常显眼。

一股战栗的寒意顺着脊背爬上额头,浩子毫无生气的声音在耳边响起:"天空将被地狱之火染红,未来之路断裂,三个月亮将出现在他们眼前。是在这里吗?"

路一时半会儿是修不好的,我们三人各怀心事,无意在夜里绕路,于是回到了那座闹鬼的大宅。游戏已经结束,大宅里空无一人。天尚动手摔散了两把老朽的木椅,在大厅里升起了一堆火驱赶寒意。

从踏入大宅的那一瞬间起,有种怪异的感觉就浮现在了心头。好像在遥远的过去,现在所发生的一切,我早已经经历过。作为心理学专业的研究生,我很清楚这种感觉被称之为即视感,是一种纯粹的精神错觉。但是,这次那种预示我下一秒即将发生什么的感觉如此强烈,让我不由得怀疑以前的认知是否正确。

"你觉得我们会不会死?"扭过头,我看到天尚在强笑。

"不知道。"我摇头,"不过我并不相信预言之类的东西。"

天尚沉吟了一阵:"今天好像是梁静的忌日。那个说出预言的男的,会不会是……梁静……"

"梁静已经死了。"浩子打断了天尚的话,"死人是不会作怪的。"

"我们不该参加这个狗屁的怪谈会。"天尚叹了口气。

"现在后悔已经晚了。"浩子看着面如死灰的他。

"现在后悔已经晚了。"天尚机械地重复着。

也许每个人的心中,都有一个无法提起的郁结。不管再怎么自我安慰,自我开脱,每次想起来还是会觉得很不舒服。是愧疚?是愤怒?是悲伤?不,都不是,那是一种五味杂陈的感觉,如果真要用一种情绪来形容,只能说如果没有发生那件事就好了。

我们和梁静是在网络论坛上认识的,当初她在论坛上提议徒步到武汉大学看樱花,附和的人不多,只有我们三个。但出发的时候出了点状况,结果让梁静独自到了武大,失足淹死在了东湖里。她死了已经一年,我们以为事情都已经过去了,想不到今晚又被人提了出来。

我干咳了一下,转换话题:"你们觉得,梁静的死真的那么简单？"

"你……什么意思？"天尚瞪大了眼，不解地问。

"你们还记得我们为什么爽约吧？"

"还不是因为喝多了嘛。"天尚讷讷地说。

"我记得很清楚，那晚我们三个人一共只喝了一箱啤酒而已。结果全都醉得不省人事，一直睡到第二天中午。我不记得我们的酒量那么差。"

"说的也是……"天尚的眉头皱了起来，"其实当时我也觉得有点儿奇怪，以前我们三个人喝两箱啤酒都没事的。"

"还有，那天因为我们爽约，梁静一个人来了武汉看樱花，还在论坛上直播了沿途对吧？"

"她应该是对我们三个一起爽约很生气吧？"天尚摇头，"要不是赌气，依她的性格，不会这么做的。"

"那你发现了没？她直播的那些照片，有些是她在画面里摆出各种姿势的。"我淡淡道，"你不好奇是谁替她拍的照片吗？"

"你的意思是……"浩子的眉头皱了起来，"梁静身边还有一个人？是他陪着梁静一起来看的樱花？是他害得梁静淹死在了东湖里？"

"也是这个人，在我们喝的啤酒里下了药，成全了他和梁静的二人之旅。还有，天尚，你说是因为我们开的那个玩笑，梁静才会半夜跑去东湖边。那你还记不记得，是谁先问起东湖边夜半笛声的？"

"是梁静。"天尚道。

三个人一下子全部沉默下来。我们很清楚地记得，那是一次聚会，大家都喝得醉醺醺的时候，梁静犹犹豫豫地问起了东湖的笛声。当时有人半开玩笑地给她讲了一个故事。

有位著名作家当年在北京大学太平湖自尽后，有天晚上，几个学生在太平湖畔为他举行了一次秘密追悼会。当时恰巧有一帮红卫兵路过，两帮人发生了争执，一名学生被红卫兵失手打死。过了几天后，在半夜时分，太平湖畔突然响起了笛声，是曲调哀婉的《梁祝》。那帮红卫兵得到了消息，以为还是原先的那些学生挑事，于是怒气冲冲地赶到了太平湖畔。搜了大半夜并未发现任何人，同行的一个红卫兵却不慎淹死在了湖里。那个时代的人，自然不会往幽灵鬼怪上面去想，只是把这件事归由于巧合。让人毛骨悚然的是后来。从那年开始，北大太平湖几乎每年都会淹死一个学生。于是，谣言慢慢开始流传起来。有人说是作家冤气太重，也有人说是那个被打死的学生死不瞑目，校方迫于压力，最后不得不填平了太平湖。蹊跷的是，太平湖填平之后，远在千里之外的武大校区东湖的湖畔，当年就出现了笛声，曲调跟北大的一模一样，都是《梁祝》。唯一不同的是，武大的东湖并没有一年淹死一个学生。

武大的东湖为什么会出现笛声？听完这个故事，梁静不解地问。

大概是因为武大地处遥远吧，讲故事的人笑着打了个哈哈。

梁静显然对这个答案很不满意，她提议来一趟徒步之旅，目的地就是武汉大学。

"所以说，如果弄清楚当时是谁讲的这个故事，至少能找到点儿眉目。"天尚稍松了口气。

"当时我喝多了，不记得那个讲故事的人是谁了，你们谁记得？"浩子定定地看着我，我不知他讲的是不是真的。

"是我。"沉默良久，我吐出了这两个字。

天尚挠了挠头，没有说话。

"这个故事是我从别人那里听来的，也不知经了几手。"我看了一眼浩子，"其实谁讲的故事并不重要，眼下要弄清楚的是梁静为什么会对东湖的笛声感兴趣。她不是那种好奇心特别重的女生，能问起几十年前的旧事,一定是有特别的原因。"

"荣仓,你是不是有些话没有说清楚?"浩子淡淡道。

我看着噼啪作响的火堆,沉默不语。

那是在我给她讲了北大太平湖的故事后不久,她找上了我。

"北大太平湖那个故事,是真的?"她坐在我对面,捧了杯蓝山咖啡愣愣地看着我。

"故事之所以叫作故事,是因为大家都不知道是真是假。"我打了个哈哈。

"其实,我还知道另一个版本。"梁静靠在了沙发背上,歪着头看着窗外。

"哦?说来听听?"我假装很有兴趣。

"是个更烂俗的故事。说北大有一个才华横溢的学生,女朋友是当时的北大校花,才貌双全,两个人是金童玉女般的一对,名扬全校。后来女生得到了一个机会出国,出国的时候肚子里还怀着他的骨肉,一去便再也不返。有人说那女生终于不敌现实傍了大款,有人说那女生是出国继承遗产,也有人说是跟着一个师长双宿双飞了。总之这个师兄大受打击,难以平复,便没日没夜地在太平湖畔吹奏《梁祝》,后来就莫名其妙地淹死在了太平湖里。过了十多年,当年的女生撇下丈夫和孩子回了国,在武大任教。她不知道出于什么心情,去了趟北大太平湖祭奠了一下当年的师兄。结果数日之后,午夜的武大东湖竟响起了同样的笛声,而她的尸体就静静地漂在东湖里。"

我心不在焉地点了点头:"确实是个烂俗的故事,一定是哪个被女朋友甩了的家伙杜撰出来的。"

"等下喝完咖啡,是去看电影还是吃饭呢?"

"那个女生是我妈。"梁静放下咖啡杯,凝视着我,"所以,你的故事和我的故事,哪一个才是真的?"

沉默了良久,我勉强笑道:"既然如此,何不去武大看看?"

"早在上个世纪九十年代,武大的王进教授对东湖笛声做了些断断续续的调查,洋洋洒洒地写下了十几种推测。没有人把他的调查报告当真,虽然他顶着中国最优秀的心理学教授的桂冠,但也不能让人去相信那些匪夷所思的推测。而且这个武大教授似乎是抱着一种玩笑的态度,那些结论从自然学到神秘学到神学都有,几乎可以看作他尝试用不同学科来对某一种现象做的解读。大部分人都把那份厚厚的调研报告当成了这个叫王进的心理学国宝炫耀自己学识渊博的消遣物。后来他调入了复旦大学,就把那些调研报告全都丢到了武大图书馆的地下室里。"

我用金属小勺搅着早已冷掉的咖啡,问道:"你……是要去武大图书馆的地下室吗?"

梁静嘴角浮现出一丝诡异的微笑。

"我随便走走。"我拿起一根椅子腿,在火堆里引燃,上了楼。二楼很脏,看来怪谈会的组织者只打扫了一楼。到处是厚厚的尘土、破碎的蛛网,像极了闹鬼的地方。梁静如果要复仇的话,会不会在这里现身?我苦笑了一下。

那天我们宿醉,梁静独自上路之后,我再没有见过天尚和浩子。我甚至在想,是不是他们其中的一个在啤酒里下了料,在酒醒之后又独自赶上梁静,结伴而行,然后将梁静推到了东湖里。

只是,他为何要这样做?如果要杀梁静,为何选择在千里之外的东湖?

或许,凶手并不是浩子或者天尚,而是我。

讲故事的是我,怂恿梁静去东湖的也是我。至于为何我没有了杀死梁静的记忆——是人格分裂还是选择性失忆?这是恐怖小说中用滥了的套路。

  我站在光明与黑暗的交界,静静地看着幽长深邃的二楼走廊,一种宿命的感觉浮上心头。梁静去图书馆我是知道的,在那家咖啡馆里,她告诉了我,她的第一站就是武大图书馆。不过我也知道,她撒了谎。

  二楼空无一物,我下了楼,却意外地看到大厅里没了人,只有孤独燃烧的火堆。一条湿漉漉的痕迹从火堆旁延伸到了黑暗中,犹如绷直了的钓线。我下意识地沿着痕迹走进黑暗,发现了一扇虚掩的木门,推开门,吸了口气向深处走去。那扇门因为惯性在身后一摇一摆,发出艰涩的门枢摩擦声,宛若野兽刚吞下猎物后满足的喘息。

  如果梁静的第一站是图书馆,那么可以肯定的是,她是奔着王进教授的调研报告去的。她是不是和我一样,也是在这样的夜晚潜入到了这样幽深的走廊里呢?走下拐角的楼梯,一扇漆痕斑驳的双开向木门挡住了去路。

  这是……武大图书馆的地下室?我明明是在那间大宅,怎么会来到了这里?是空间扭曲,还是时间穿越?回头看看来路,幽深的走廊已经消失不见,取而代之的是一堵冰冷的石墙。我喉头滚动一下,硬着头皮走了下去。

  借着手机屏幕微弱的亮光,我没由来地生出一种奇妙的即视感。似乎在不久之前,我来过这里,是和梁静一起吗?木门上缠绕着被岁月蚕食成了黄褐色的铁链,手指粗细,没有钳子应该是弄不断的。要徒劳而返吗?我摇了摇头,脑中那种强烈的即视感在暗示着我什么。上前推了下门,铁链应声跌落,是梁静剪断的吗?还是我?

  地下室不小,更像一个废弃的仓库。一排排书柜样式的黑影拥挤地站立着,将数十年无人问津的资料随意地扛在自己行将腐朽的木格子上。能在这里找到梁静留下的痕迹吗？我不禁有些焦灼。

耳边突然传来轻微的叹息声，让我的呼吸为之一窒。还有别的人在这里？我停下脚步，将手机举起，微弱的光亮像受惊的小动物一样掠过周围。照不到，那声叹息是从某排书柜后传来的，手机屏幕的光亮无法企及。是错觉吗？还是……

笛声响起，是《梁祝》。

我的胃好像被什么突然掏空了，细细的汗珠从额头上渗了出来。离开这里，我告诉自己，但双脚竟迈着坚定的步伐向前走去。

到了。

首先映入眼中的是一双脚，顺着满是灰尘的皮鞋延伸，是一条有些眼熟的深蓝色牛仔裤。我有些慌乱地抬起目光，天尚那颗毫无生气的脑袋可笑地枕着别人的一只胳膊，是浩子的。我喉咙发涩，只觉得一阵阵超出了认知范围的眩晕。他们两个，怎么会死在这里？

"你找到了这里，不简单呢。"一个有些熟悉的清脆女声响起。

抬起头，看到一对白皙修长的小腿在眼前无忧无虑地晃着。她的主人穿着一件白色的连衣裙，坐在一个木箱子上，手里拿着一支竹笛，笑嘻嘻地看着我。

"这到底是怎么回事？"我苦笑着呻吟。

"游戏结束。"少女笑道。

大片刺目的光亮从上方压下，将黑暗驱逐殆尽，所有的一切突然消失得无影无踪。

醒来。

头一阵阵地刺痛，我无力地躺在柔软的沙发上，任凭疲倦慢慢地从体内溜走。室内的灯光还算柔和，房间虽然小，布置得倒也算精致。耳边流淌的是小提琴曲《梁祝》，倒和梦里的有几分相似。

"休息一下。"一杯咖啡递到面前。我抬头看了一眼,是个清新脱俗的少女,她粉红色的制服上别着淡蓝色的名牌:张璇。

我坐起身,捧着咖啡却没有要喝下去的意思。是的,我是在一家心理诊所里,张璇是我的主治医师。半年前,浩子、天尚和我一起去了武大看樱花,顺便拜祭梁静。结果他们两个神秘失踪,而在武大东湖边被发现的我,神志不清地抓着一支竹笛,反复地吹着《梁祝》。在医院里待了两周之后,完全丧失了那段记忆的我出院了。当三流恐怖电影里烂俗的情节发生在自己身上的时候,竟然能让人感觉到毛骨悚然般恐惧。

在警方的建议下,我来到了这家心理诊所进行催眠治疗。或许,他们觉得梁静的死,还有浩子和天尚的失踪,都是我搞的鬼。

"这次到哪里跳了出来?"张璇脸上是淡淡的笑容。第一次踏入这里,张璇的年轻美丽就让我惊讶不已。我一直觉得,一个心理学研究生去看心理医生,着实是件很丢人的事情。但第一次看诊之后,我就养成了每周必来的习惯。她在心理学上的造诣,要比我高出太多。

"开始是一间闹鬼的大宅,后来不知道怎么到了武大图书馆的地下室。"我喝了口咖啡,很苦。

她点了点头,鼓励我继续说下去。

"很凌乱的故事,都是一些片段而已。"

"我们不是一直在这样做吗?把那些碎片拼成一张完整的拼图。"张璇语调温和,却有着不容置疑的力量。

"前面的那些梦境和以前的大同小异,从遇到你后开始变了。"我斟酌着词句,"我在地下室里,在那里发现了天尚和浩子的尸体,看到了你。"

"接着就跳了出来?"

我点了点头。

"你觉得我在你梦里,是什么身份?"张璇面色很认真。

"凶手。"我将咖啡一饮而尽。

"好。三天后你再来一次。"她脸上一点儿错愕的表情都没有,"我们似乎越来越接近真相了。"

不需要过多的解释,我想我们两个没有必要在基础的梦境分析上浪费时间。我抓起外套,没有告别就离开了温暖的房间。走廊里灯光明亮,却让我有些怀念那条黑暗的长廊。13楼、13号,这位心理学医师的房号还真是不一般的任性。我对着跳动的电梯数字傻笑。

似曾相识的即视感看起来是最神秘的,却是最容易解释的。我处于被催眠状态时,潜意识占据主导地位,提取当时的部分记忆碎片,进一步按照各种可能进行脑补,产生幻觉。与此同时,意识本身试图夺取控制大脑的权力,它不断地搜寻前几次催眠后留在脑细胞中的类似记忆,产生莫名其妙的已发生感,提醒我这个世界的不真实。

天尚、浩子,在梦境中说的做的,大概跟我所忘记的真相相差不多。而张璇,被我赋予了生命而加入梦境,一是潜意识中的我需要一个有力的外援,但又对她并不十分信任。

清脆的电梯铃声响起,我紧了紧外套,走出电梯。

"发现了什么?"天尚挖着鼻孔,站在夜幕下的细雨中看着我。

发现了什么……我有些困惑地看着身后,图书馆在黑暗中冷冷地沉默着。"哦,对了,我在地下室翻了好久,找到了……嗯,手上的这厚厚的一摞资料,王进教授的调研报告。"

"看起来有点儿收获?"他呵呵笑了,"我翻了下梁静上传的那些直播照片,用软件查了下照片格式。"

"什么?"

"那些照片是索尼A99单反相机拍的。"天尚眯起眼睛,"这款相机，你是不是觉得有些熟悉？"

"浩子？"

"浩子。"天尚压低了声音，"一款一万多的相机，不是谁都舍得买的。"

那么，和梁静一起来武大的人，是浩子吗？

"我认真想了想，那天酒醒过来后我们三个就分开了，接着的几天一直没有再见面。所以呢，浩子甩开我们两个赶上梁静也是有可能的。或者干脆就是浩子一开始就预谋好了，想跟梁静一起走，在酒里下了什么东西。想通了这点，我就开始联系浩子，却发现他的手机一直无法接通。他会不会觉得自己的事可能会败露，就想把我们两个也干掉？"天尚似乎对浩子偏见很深。

"你是说，是浩子杀了梁静？"我握紧了手上的调研报告。

"这不废话吗。如果不是浩子杀了梁静，为什么要隐瞒他陪着梁静来东湖的事？"天尚有些不耐烦。

我没有说话。天尚值得相信吗？他会不会故意冤枉浩子？

"接下来怎么弄，报警？"天尚摸了摸下巴，"就是不知道浩子在哪里。"

"回酒店吧，先把这个看完。"如果人真是浩子杀的，他的动机又是什么？

"这是什么东西？"天尚指了指我腋下的调研报告。

"有个心理学教授对东湖笛声的一些调查。"我笑了，"你有兴趣？"

"谁要看那个？我先找个地方吃点儿东西。"天尚没心没肺地道。

如家，我们三个人各处一间房。

推开房门,我洗了把脸,坐在床上有些困惑地摊开了那沓有些发黄的纸。中间的记忆,我似乎断片儿了。只模糊地记得自己走进了地下室,但在里面看到了什么,怎么拿到了这沓手稿,却没有印象。就像想起了一个人的名字,明明觉得应该很熟悉,却怎么也喊不出来。再加上时而闪现的那种似曾相识的感觉,我都有些怀疑自己是不是精神出了状况。

手稿杂乱无章,似乎并没有什么顺序,作者完全是想到哪里写到哪里。有些纸上密密麻麻的全是黑色的钢笔字,有些却画了几个奇怪的图案或者符号,有些甚至只写了几个简单的词而已。能看懂的几张上面,写的却是些荒谬的可以媲美幻想小说的文字,有张纸上甚至写着是外星人干的。

我叹了口气,明白为什么一直没人把这个心理学专家的调研报告当回事了。

毫无收获。

我有些疲惫地把这些散乱的纸张丢到了床边,一页看起来有些新的手稿意外地飘到了手边。

噩梦终究有尽头。但现实,并不见得比噩梦要温和。

一股寒意从脊背蜿蜒着爬了上来,双肩不由自主颤抖起来,有种莫名其妙的恐惧蚕食着我的理智。我蹲下身,靠着床边,捡起了那张手稿。那是张A4打印纸,正反两面都是空白。这到底是什么意思?手上的感觉有些异样,我将A4纸举起来,映着惨白的灯光,发现上面满是密密麻麻的凹痕。

原来是这样!我抓起床头柜上的铅笔,小心地在A4纸上涂起来。小时候玩过类似的游戏,用没有墨油的圆珠笔在白纸上写下暗号,然后用铅笔涂满白纸,就会发现留下的字迹。

我是王进。

如果你看到了这些字迹,那你还是有救的。两年前,我跟我的一个学生玩了一个心理游戏。这个游戏发展到后来出乎我的意料,不过我并没有去干涉的意思。作为一个被神化了的心理学研究者,我早已被安上了各种各样悲天悯人的头衔。在中国有个很奇怪的现象,似乎在某一个领域内,当你做到了顶尖之后,你就变成了一个完美的人,尤其是在道德方面。

那沓调研报告不用看了,是我闲得无聊的时候,自娱自乐的东西。你要是妄图用这沓东西来解决太平湖和东湖的笛声,那我不得不怀疑你的智商。

这个游戏其实是我的学生张璇提议的,嗯,说是学生,她并没有复旦大学的学籍。我对她也很感兴趣,虽然她告诉我童年时候姐姐的死对她产生了影响,从而扭曲了她的心灵,但我并没有全盘接受。这孩子是个天才,在心理学方面有着惊人的领悟能力。而且,我发现了她身上有人工打磨的痕迹,她应该是受过某种严格的甄选训练。

有问题,我皱起了眉头。这张纸应该是最近留下来的,而"这个游戏"很明显指的就是这沓调研报告。但据我所知,这沓调研报告至少存在了十几年,但这张纸上竟清清楚楚地写着是两年前,王进跟他那名叫张璇的学生一起玩的一个游戏。时间悖论?还是这张纸根本就是谁搞恶作剧的道具?

我拖动铅笔,白色的字迹接着显现出来。

看到这里,你能不能发现有些不对劲的地方?如果不能,就把这张纸丢掉,以你的智商根本无法理解到底发生了什么事。如果你发现了时间上的冲突,那就接着读下去。

没错,所谓武汉东湖笛声传闻和这沓调研报告,都不过是两年前的产物。我和张璇,以整个社会为舞台,上演了一场制造传说的心理游戏。民间对那些有些诡异的传说总是趋之若鹜,有大把跟我一样闲得无聊的人,心甘情愿地充当传声筒,让那些故事经过添油加醋之后不断地流传下去。

如果你上网搜索,会发现网上有不少关于太平湖和东湖笛声的帖子,如果我告诉你一切都是一场骗局,你会不会觉得所在的世界突然崩塌了?网络时代传说崛起得尤其迅速。不过,这个游戏玩到这里,已经没什么意思了。我已经预感到了,以后会有不少人来翻我丢在图书馆里的这沓垃圾,甚至会有不少人把自己的时间浪费在这上面。于是,我留下了这张纸,如果你发现了这个秘密,就让这个传说在你这里终结好了。

毕竟,聪明人是有权力给这个游戏画上句号的。

如果我告诉你一切都是一场骗局,你会不会觉得所在的世界突然崩塌了?

我愣愣地坐在床边,一个可笑的恶作剧,就让梁静送了命?而且如果梁静是被浩子杀的,那岂不是一个天大的笑话?

我捏着那张纸,茫然地走到走廊上。如果我把这张纸给浩子看,他会有什么表情?隔壁房间的门虚掩着,是天尚吃过饭回来了吗?我推开了门。

一股淡淡的血腥味萦绕鼻翼,我无奈地叹了口气,低头看着洗浴室门缝下的暗红色液体。门外响起轻快的脚步声,天尚哼着小曲出现在了身后。看到站在门口的我,他挠了挠头道:"咦?你傻站在这里干吗?"

"血。"我无力地回应。

他的鼻子可笑地抽动着,视线落在了我脚边的那摊血液上。

"哼。"嘟囔一声,他推开了洗浴室的门。浩子瘫倒在浴缸边,手腕毫无生气地耷拉着,血液还在从伤口汩汩地涌出。

"你杀的?"天尚哆嗦了一下,脸色苍白地看着我。

"刀在他手上。"我摇头。

"那么……是自杀?"天尚神色怪异地看了我一眼。

"应该是。"也可能是你杀了他之后,布置成这样的。

我转身走向床头那部电话:"不管怎么说,先报警。"

脑后传来一阵剧痛,我跌倒在地板上,艰难地转过头。天尚举起落地灯重重地砸来。天旋地转。

"哼!想忽悠我?我一直觉得你不对劲,杀梁静摆明了也有你一手!"又砸下来,听到骨骼碎裂的声音,我感觉得到生命正在流逝。

"自杀!自杀个屁啊,浩子是左撇子,自杀的话刀怎么会在右手!你真当我是傻瓜吗!"

那凶手到底是谁?

我眼睁睁地看着沉重的落地灯底座迎面扑来。

手上的咖啡还没有冷,我看着对面的张璇。

"还要继续吗?"她微笑着看我。

"那是一出闹剧,一个游戏。你也有份,对不对?"我感到全身无力。

"其实,早在我们第一次见面,我就告诉过你,很多时候真相并不重要。"张璇道,"他们三个的死,并不妨碍你快乐地活下去。"

这样说是不是太没心没肺了?我皱起眉头。虽然被催眠中的我浑浑噩噩,完全分不清现实和梦境,但醒过来之后的我,还怀着很强的负疚感。梁静、天尚、浩子,三条人命,如何能不妨碍我快乐地活下去?

况且,警察那边要如何说?

"警方那边你不用管。"张璇微笑,"我可以告诉他们,你没有嫌疑。其实你来我这里接受催眠,警方也只是建议而已,没有证据,他们没有办法强制你去做你不想做的事。如果你想,我甚至可以用催眠来抹掉你这段记忆,找个没人认识的地方,重新开始如何?"

如果说梁静是因为自己的母亲不明不白地死在了东湖,而前去武大的,那究竟是谁杀了她?浩子和天尚呢?又是被谁杀死的?我呢?会不会也被那个神秘的凶手灭口?是要带着这些疑问纠结地活下去,还是决然地忘记过去?

"我想知道真相。"我鼓起勇气。

"根据目前的催眠进展状况,很快你就会发现真相了,三天后,再来找我。"张璇端起了咖啡,是在暗示我离开。

我站起身,说:"在西方世界里,13是个不吉利的数字,为什么要选在这里开心理诊所?"

她摇摇头:"不是我选的。走吧,我送送你。"

门外的长廊依旧明亮,我和张璇默默无语地走到电梯前。其实我很想问她,刚才的梦境到底是怎么回事。我已经发现,我无法用心理学知识去分析自己刚才的梦境。如果说王进的调研报告和湖畔笛声的传说都是恶作剧,是基于社会层面的心理实验,那这个实验无疑做得很成功。利用了人的窥秘心理,无中生有地打造了一个几十年前的传说。但是,梁静所告诉我的,关于她母亲的那个传说,是真还是假?会不会是混杂在各种传说中的真相呢?不然的话,她为何执意去东湖一探究竟?

走进狭小的电梯里,我冲张璇点了点头:"谢谢,三天后我会再来的。"

她突然歪着头冲我笑了:"噩梦终究有尽头。但现实,并不见得比噩梦要温和。"

我愣愣地站在那里,看着厚重的铁门将我们分隔开。这句话……是王进调研报告里,写满了真相的那张纸上的。张璇说这句话的意思到底是什么？

头顶上的灯光发出咝咝的声响，像个苟延残喘的病人可笑闪烁起来，我退到角落，紧贴着电梯壁站着。我知道某些事情要发生了，虽然我不知道在幕后到底是谁操控着一切，但我仍然可以冷冷地看他表演。

啪的一声，灯光死去，黑暗降临。

13楼，13号。

我站在门口。

不是心理诊所，门上的不干胶贴纸告诉我这是一家名字叫作"徐川侦探事务所"的地方。

我这到底是在……哪儿？

头痛欲裂，强烈的窒息感压迫而来，一阵眩晕掠过，我无力地扑倒在了房门上。响声惊动了房间里的人，门开了，是个看起来有些消瘦的年轻人。

"有什么事我可以帮忙吗？"他有些好奇地看着我。

"这里……不是心理诊所？"我苦笑。

他耸了耸肩。

大量的记忆碎片犹如海浪在脑中激荡，一遍又一遍地冲刷着记忆。

"要进来喝杯茶吗？"

我越过他的肩膀，看向室内。很熟悉的布局，只是乱了一些。这才是现实？我原先所有的记忆都是幻觉？张璇呢？张璇也是出自幻觉？

"你是……谁？"我吃力地问道。

"徐川。"他微笑。

犹如一声炸雷在耳边响起，头痛和眩晕的感觉都戛然而止，那幅画面已经拼装完成，我知晓了一切。

"对不起，我走错了路。"我听到自己轻松的声音响起。

他歪着头，看着我，似乎想问些什么，但终究什么也没说。

转身，离开，我已重生。

踏进狭小的电梯间，我又一次看了眼那家侦探事务所，13楼，13号。

是的，那家所谓的心理诊所并不存在。是的，是张璇对我进行了催眠，让我产生了一系列的幻觉。电梯停了，我优雅地走出，脚上的红色高跟鞋璀璨地闪耀着。

人是我杀的，天尚、浩子，还有荣仓。

是我把他们一个个骗到了武大东湖，把他们一个个地淹死在了湖里。我一夜夜地梦到他们，站在我的床前，带着一脸被水泡得发涨的傻笑。我没有愧疚，如果不是他们，我妈妈不会死。就算是他们把半夜出现在东湖湖畔的妈妈错当成了女鬼，失手推下了湖，就能原谅吗？我没有留下任何的现场痕迹，但是我的心理承受能力并没有我预想中的坚强。一天又一天的噩梦折磨，几乎都把我逼疯了。

就在这时，我找到了张璇。张璇和我同校，是国宝级心理学家王进的弟子。我恳求她利用深度催眠把我那段记忆清除掉。

然而在清除掉记忆之后，我并没有从此心安理得，而是又开始迷迷糊糊地去追查所谓的真相。人真是悲哀到可笑的动物啊，张璇显然是料到了这些，她在我的潜意识中做了一个捕鼠器。作为主修心理学的大四学生，我很清楚，要使对象从深度催眠状态中觉醒，需要设置一个暗示的节点。而我的暗示节点，就是徐川。从见到徐川的那一刹那起，我的大脑就已经在飞快地运转，将潜意识中的那些掩藏至深的片段重新铸造成真相，犹如离膛的子弹，狠狠击中了我。只不过，恢复记忆的我，却出乎意料地平静。是经历了纷乱繁杂的各种结局之后，终究归于麻木了吗？还是经历了假死之后，对世界的看法豁然开朗了呢？

大厦外的天气很好，我抬起头，阳光刺痛了我的双眼。

"哎呀，你跑到哪里去了，一眨眼就找不到了。电话也不接，害我围着附近转了一大圈。"身后一个声音不满地响起。是我现在的闺蜜，愚蠢到一无所知的闺蜜。

我嘴角挂上微笑："我看你挑鞋子挑花了眼，就想在这栋大厦里休息会儿，谁知道竟然睡着了。"

"你倒悠闲。"胖姑娘瞟了眼大厦，压低了声音道，"对了。听说那个徐川的事务所就在这栋大厦里。"

"徐川？哪个徐川？"我傻笑道。

"你……不记得了吗？抓到张璇的那个徐川啊。"她有些担心地看着我。

"张璇……又是谁？"

"张璇，你也忘了吗？你们之前关系超好的。"胖姑娘叹了口气，"还是武大东湖那次留下的后遗症吧。唉，忘了也好，那个女人太可怕了。走，我们吃蛋糕去。"

我笑着点了点头，向前走去。手机响了，是那个熟悉的名字发来的短信。点开，只有短短的一行字。

噩梦终究有尽头。但现实，并不见得比噩梦要温和。

金边眼镜

文 / 紫龙晴川

> 她老迈的身体似乎突然被注入了无限的活力，她的脸上有了光彩，身子轻盈异常。一片温暖的霞光在我们俩头顶升起，我知道，一个温暖的新世界在等着我们。突然间，我不再彷徨，也不再害怕了，我知道，我的灵魂该归往何处。
>
> ——紫龙晴川

寂静的夜里,响起了一阵清晰的咔吱声,那是开锁的声音。

谁?我一下被惊醒,忙一骨碌从床上爬起来,蹑手蹑脚地来到门后。

门缓缓地打开了,一个黑乎乎的人影出现在门口。他穿着一件长长的黑色风衣,把瘦小的身体严严实实地裹了起来,看不到腿,戴着一顶黑色的帽子,看不到脸。

他呆呆地走了进来,看着他的走路姿势,一个名字跃入脑海:子良。

子良是我的同学,也是很好的哥们儿。为了不受打扰地准备高考,我们一起在校外租了房子,可他在一周前突然失踪了,音信皆无。

看到熟悉的身影,我心里一喜,冲着他大喊:"子良!"

他好像没有听到,依然呆呆地走着,来到桌子前,把眼镜摘下来,放在了桌子上,径直走进了卫生间。

那是一副金边眼镜,还是我跟他一起配的。

卫生间的门关上了,里面传出哗哗的流水声。

我愣在了外面。

流水声持续了一个小时,还没有停止的迹象。

我有点儿纳闷儿了，子良是在洗手，还是洗澡？不会出什么事了吧？我推开了卫生间的门，呆住了。

子良正呆呆地在莲花喷头下站着，身体仿佛是用泥做的，被水这么一冲，都散了架，我一声惊叫，挣扎着想要逃开，却发现身后已经没有了退路……

醒了，原来是一场噩梦。

开了灯，鼓起勇气走进卫生间，里面一切正常。

长长地吐了一口气，正要重新睡下，我的目光落在了门后的桌子上，上面赫然放着一副眼镜，金边眼镜，那是子良的眼镜！

子良回来了！

心一下怦怦地跳起来，我浑身冰冷，像一下子跌入了冰窟。

时光在煎熬中一点点地过去，天终于亮了。

该上学了，我拖着几乎虚脱的身体，简单地收拾了一下，准备出门时才想起自己的眼镜昨晚回来时摔破了，说起来，我和子良也真是有缘，连近视的度数都一样，何不先借他的眼镜一用呢？我没有多想，就把眼镜架在了鼻子上。

从这里到学校大约20分钟的路程，我每天都是步行过去。

中途要穿过一段狭窄的小道，这条一米多宽的小道两边是四层的民房，从下往上看，两幢房子几乎连在了一起，这条"暗无天日"的小路大约有100米，是一条捷径，如果不从这里经过，得绕差不多一公里的远路。

这是我每天上学的必经之路。

当正要走进这条"狭谷"时，头上"嗡"的一声，一股液体正顺着镜片缓缓流淌。

我摘下眼镜，准备擦拭，赫然发现镜片上的不是水，而是血。天哪，我流血了吗？我连忙摸摸额头，没有，连个包都没有，这是怎么回事？

"哐！"一声巨响打断了我的思绪。我被吓了一跳，原来是一个花盆从阳台上坠落了下来，如果刚才径直走过去，那一定不偏不倚地砸在我的头上，我不由得想到了刚才那可怕的一幕，仿佛是灾难的预演。

我也不敢走这条路了，擦干眼镜后，老老实实地走了大道。说来也怪，眼镜再也没有流血，我一直平安地走到了学校。

到学校门口时，突然有一辆宝马直冲过来，径直撞在了我的腰上，整个人当即飞出去三米远。腰部一阵阵莫名地痛，仿佛身体被撞成了两半。我只觉得身体轻飘飘的，竟然真的飞起来了。但当我看到地上的人时呆住了——那根本不是我，而是血肉模糊的子良！

摘下眼镜，我依然完好地站在校门口，只是腰部还隐隐作痛。天哪，这到底是怎么回事？子良现在到底在哪里？

"丁零零……"上课铃声将神思恍惚的我拉了回来。糟糕，要迟到了！我赶紧冲进了学校，往校园右方的教学楼三楼飞奔而去。

尽管我跑得满头大汗，可还是迟了——当我跑到教室门口的时候，语文课已经开始了。那干瘦干瘦，却目光锐利的蒋老师正站在讲台边授课。

"报告。"我硬着头皮喊了一声。蒋老师意味不明地看了我一眼，然后转过身子，拿粉笔在黑板上写字。他竟然不理我！

"报告。"我只好又喊一声，这一次，我的音量提高了不少。唰唰唰，这一下，不少同学的目光齐刷刷都看向了我，看得我脸都红了。

"进来吧。"这一次，蒋老师总算发话了。我如蒙大赦，赶紧低下头，猫着腰，灰溜溜地走了进去，沿着墙根到了我的座位上。

放下书包的时候，我下意识地转过头，看了看教室的角落。在大高个儿李越的座位边，一张书桌空荡荡地立着。那是子良的位置，如今，这个位置已经空置了一个星期。

子良，你究竟在哪里？我叹了口气。

下课了，蒋老师把我叫到了办公室。我明白，他是要为我早晨迟到的事儿"秋后算账"呢。

"有存，我一直以为，你是一个踏实勤奋的好学生。"蒋老师的语气里满是失望，"再过103天，你们即将迎来人生中最重要的一个转折点——高考。可今天早晨……"

蒋老师惋惜的口气刺痛了我，我的心里涌上一阵阵惭愧之意。

"蒋老师，对不起，我不是故意的。"我慌忙解释，"今天早晨，我是遇到了一点儿意外，才迟到的。"

蒋老师语气稍缓："要我说，你就不该搬出去住的，住学校多好啊。你搬出去了，每天还要在路上耽误许多时间。"

我咬了咬牙："不是的，搬出去了，我反而能更专注于学习。蒋老师，您也知道，学校的宿舍晚上11点半就要熄灯。而在外面，我却可以不受限制地复习到大半夜。"

"嗯。"蒋老师点点头，"有存，你是个好孩子，我相信，你不会让我失望的。"

"嗯。"我重重地点点头。

蒋老师拉开办公桌的抽屉，从里面拿出了一个纸袋子，递给我："这些是我儿子上学时穿的衣服，他现在上班了，穿不了了，拿去吧——别嫌弃啊。"

我一低头，便看到自己身上洗得发白的校服和灰扑扑的板鞋。

"蒋老师,谢谢你。"接过纸袋子的一刹那,我的眼眶有些红了。

"好好学习,知识可以改变命运。"蒋老师拍拍我的肩膀,"一切都会好起来的。"

上完晚自习已经是晚上10点了,我背着书包,拿着纸袋子从学校里走了出来。这么晚了,大街上没什么人,冷冷清清的。当我快走到出租屋的时候,我似乎听到身后有"嗒嗒"的脚步声。昏黄的路灯下,地面上一个暗影被拉得长长的。

"子良,是你吗?"我惊喜地转过身去,可回应我的只有一片荒凉和虚无。

我的笑容僵在脸上。

回到出租屋,我有点儿饿了,便去厨房煮泡面吃。这厨房很小,几乎只容得下一个人。小小的煤气炉子上,发黑的铁锅"咕噜噜"地响着。泡面的香气让我不由得吸了吸鼻子。

泡面好了,我打开小柜子,想从里面拿一个空碗,却意外地看到柜子里有一个白色的一次性塑料饭盒。

咦,这是哪儿来的?我疑惑地把饭盒拿了出来,打开一看:里面有一份鸡腿饭,已经冷了;鸡腿被啃了一大半,饭和配菜也所剩无几。

鸡腿饭?我没买过这种奢侈的食物啊!怎么柜子里会有……子良!我猛地睁大了眼睛:鸡腿饭可是子良的最爱啊!难道子良回来了?

"子良!"我大叫着冲出厨房,跑到了唯一的卧室里。这出租屋是简陋的一室一厅,我和子良共用一个卧室。

让我失望的是,卧室里空荡荡的,哪儿有子良的影子呢?可是,若是子良没有回来,这冷掉的鸡腿饭是从哪里来的呢?或许,子良回来过,但他没有见我,又走掉了。

子良,你为什么会不辞而别?你又为什么会悄悄地回来,又悄悄地离开?

我的情绪又一落千丈了,连泡面吃起来都没那么香了。

吃过泡面,我回到卧室,坐到书桌边,打开了化学课本。我的成绩一向不错,不过,化学是我的软肋。如今,高考即将来临,我自然不敢有一丝一毫的松懈。

看得累了,我合上课本,揉揉眼睛,靠在椅子上休息一会儿,眼角的余光瞟到了桌子上蒋老师给我的那个纸袋子。

我拿过纸袋子,打开一看,里面是几件洗得干干净净的衣服,都有几成新。袋子里还有一袋什么东西,我拿起来一看,竟然是一袋学生奶粉。

"好好学习,知识可以改变命运。一切都会好起来的。"蒋老师亲切的话语似乎又回荡在我耳边。

"蒋老师……"我鼻子一酸,眼窝一热,泪水便涌了出来。

我是一名无父无母的孤儿,是跟着奶奶长大的。穷困潦倒的生活一直伴随着我,而高考是我改变命运的唯一机会。我是蒋老师的得意门生,平时,他总是很照顾我,常常拿一些生活用品给我。而爱之深,责之切,所以今天早晨,我生平头一回迟到了,他才会给了我一个小小的教训。

擦干眼泪,我继续看书。

夜深了,我有些倦了,化学课本上那些小小的化学符号似乎变成了一个个胡乱舞动的小精灵。

"有存,有存……"一个熟悉的声音在我耳边响起。

是子良!我猛地转过头去。

是子良,真的是子良!他就站在我身边,脸上带着淡淡的笑意。

"子良,你去哪里了?"我激动地抓起子良的手。不对,他的手怎么这么凉,一点儿热乎气儿都没有?还有,他的脸色为什么这么白,毫无血色?

"子良,你的脸色很不好,你怎么了?生病了吗?"我关切地问,"这些天,你去哪里了?"

子良轻轻抽回自己的手。

"有存,我回不来了。"他年轻的声音充满了沧桑和伤感,"有存,那辆宝马车让我回不来了。"

宝马车?我想起了早晨我在学校门口看到的那个幻象——子良被宝马撞得飞了出去,血肉模糊。难道那不是幻象,是真的?子良被宝马撞了,他死了,所以,他才回不来了!

那——我心里"咯噔"一下,那现在站在我面前的,到底是人是鬼?

也许是感觉到了我心中的恐惧,子良又扯起了一个苍白的笑容。只是,他本就面无血色,在白森森的白炽灯光下,这个笑容怎么看,怎么瘆人。

"有存,别怕,我不会伤害你的。"子良说,"有存,你是我最好的朋友,我想请你帮我报仇。"

"报仇?"我颤着声音问。

"对,帮我报仇,不要让杀害我的凶手逍遥法外。"子良哭了,每一滴晶莹的泪水都在述说他心中的委屈和不甘,"拜托你了。"

"可我不知道是谁害了你啊。"我说。

"你会知道的……"子良的声音逐渐远去,他的身子渐渐变得透明起来，最后化为虚无。

我使劲地揉揉眼睛，又扯了扯耳朵，实在不敢相信刚才我看到的，我听到的。这是梦吗？如果是梦，这感觉怎么会这么真实？

这一切都太匪夷所思了，我下意识地低下头去，却看到化学课本上有两个大大的血字：报仇！那鲜红的颜色刺痛了我的心，我的意识也变得模糊起来……

清晨的第一缕阳光从窗户投射进来，我缓缓地睁开了眼睛。天哪，我竟然趴在书桌上睡着了。

糟糕，现在几点了？我看了看书桌上的闹钟：6点50，还好，不会像昨天一样迟到了。我晃动着腰酸背痛的身体，缓缓地站了起来。

对了，昨晚上，子良回来了，他要我帮他报仇，还有化学课本上出现的血字……这一切到底是真的，还是我的幻觉呢？我看了看化学课本，那上面哪有什么血字！难道这一切都是我的梦？

不对，我怎么会接二连三地做怪梦？再联想到这两天发生的花盆事件，幻象事件，我的心变得沉重起来。

我洗了把脸，背上书包走出了出租屋。出租屋附近有一条小吃街，此时，这条街上充满了各种各样的食物香气。

我有点儿饿了，便加快脚步，来到了一个包子铺。

"给我三个包子。"我顿了顿，又说，"不，给我一个包子，两个大馒头。"

"好的。"那摊主很快便把东西装好了，我给了钱，一边往学校走，一边吃早餐。

包子七毛钱一个，而馒头只要四毛钱一个。我心里算着账：高一高二的时候，每逢周末，我还会出去打工，刷盘子，递菜单什么的，好歹赚点儿钱，补贴家用。高三开始，为了把更多的时间放在学习上，我不再出去打工了。学校虽然减免了我的学杂费，可我和奶奶还要生活啊！

几个月前，奶奶的身子不大好了，被接到了附近的养老院。我和奶奶属于五保户，每个月有200多块钱的补贴。再加上我的奖学金和社会上好心人士的帮助，就算不打工，我也能勉强生活下去。

可是，自从我搬出学校，租了房子住后，我的钱又紧张了不少。出租屋一个月200块的租金几乎压得我喘不过气来。还好有子良，他和我平摊租金和水电费，有时候，他还会买点儿好吃的给我，改善生活。

可现在，子良不见了。这也就意味着，从今以后，我要一个人负担出租屋的所有费用了。

唉！我叹了口气，三口两口地就吃掉了一个馒头：我一定要参加高考，不仅如此，我还要考出一个好成绩，念好大学。等上了大学，时间宽裕了，我就可以挤出更多的时间来打工，赚取学费和生活费。熬吧，熬到大学毕业了，找份好工作，一切就会好起来的。到时候，我一定让奶奶好好享福，再也不用为我忧心了。

困窘的生活并没有压垮我，相反，我对未来充满了信心。

走到学校门口时，我本来清醒的意识再一次变得模糊起来。恍惚之间，我又看见了那辆宝马车和子良。它直冲过来，径直撞在了子良的腰上。子良的身体轻飘飘的，一下子飞了出去。

"子良！"我大叫起来，子良血肉模糊地躺在地上，他的嘴唇一张一合，喉咙里却发不出任何声音来。

可我能看懂他的唇形——报仇，他在说"报仇"。子良，你真的要让我为你报仇吗？

我懵懂地看向了那辆宝马车，它疾驶了好几米远后，又忽然刹车，一个有些胖的、西装革履的中年男人从里面走了出来。他似乎很慌张，走路跌跌撞撞的，我看到他跑到子良身边，抱起了子良，然后把子良放进了宝马车的后备厢里。

随后，宝马车疾驶而去，而我则下意识地看着宝马车的车牌，把那几个数字记了下来。

很快，幻象消失了。我闭上眼睛，缓了缓神。

子良，你真的出车祸了吧？你让我为你报仇，所以，这几天，我的身上才会发生那么多匪夷所思的事儿。子良，你放心，我会为你报仇的。

我掏出了笔记本和笔，记录下了那个车牌号。

第二天是周末，不用上课。我早早起了床，煮了一包泡面吃，然后穿上蒋老师送给我的衣服，出了门。

我来到了派出所，接待我的人是一个50多岁的老警察，他的面容很慈祥。

"小家伙，你有什么事儿？"

"我要报警。"我有些紧张，拳头攥着，手心在微微出汗。

"是什么事儿？"老警员见我面色认真，便拿出了记录本来。

"我的好朋友被一辆宝马车撞死了，车主抱走了他的尸体，逃逸了。"我一字一字地说。

"什么？"老警员皱了皱眉，"小家伙，你说的是真是假？"

"是真的！"我有些激动起来，我知道，在很多人看来，我还是个孩子，而我说的可是一起性质极其恶劣的交通肇事逃逸案件。也许，这个警员以为我在撒谎，或者搞恶作剧。这样的事儿，以前不是没有发生过。我知道，前不久，附近某小区的一个年轻人还报警撒谎，说自己家被抢劫了，害得警方白跑一趟。

"死者叫什么名字？"

"子良，孩子的子，善良的良。"我说，"他已经失踪一个多星期了。"

"子良？"老警员打开电脑，查看了一下最近的案件记录，"既然他已经失踪一个多星期了，为什么他父母不来报案？"

"他跟我一样，是外地人，我们是在这里上高中的，也许，他父母还不知情。"我急切地说，"他死一个多星期了，那个可恶的凶手把他的尸体藏了起来，外人不知道，还以为他失踪了呢，可事实上……对了，我这里有那宝马车的车牌号。"

"那你呢？你怎么知道这一切的？"老警员问。

"我——"我愣住了，我该怎么回答呢？照实说，说子良的灵魂找到了我，要我帮他报仇吗？这样的"鬼话"，谁会相信？

老警员看向我的目光变得冰冷起来，脸上也多了几分怀疑。

"我……"我几乎要哭了，该死，我该怎么证明我说的是真的呢？

"这一切是真的。"我抓住了老警员的手，"求你相信我，子良死得太冤枉了，我求求你……"

"孩子，别急。"老警员拍拍我的手，"瞧你，手这么凉。你放心，如果你说的是真的，我们警方一定会彻底调查这个案子，不让凶手逍遥法外。"

也许是我的眼泪起了作用，也许是我的诚恳打动了老警员，他终于相信了我，并为我立案。我把车牌号码写了出来，还说："车主是个中年人，微胖，看样子很有钱。"

从派出所出来,我松了一口气,接下来,我要去养老院看我的奶奶。

奶奶住在一个几平方米的小单间里,里面有床,有小电视机,每天都有专人给她送饭。隔几天还会有专业的医护人员来为老人们检查身体,她住在这里,我很放心。

"奶奶。"看到一周不见的奶奶,我开心极了,扑到床边,拉住了她瘦骨嶙峋的手。

"有存。"奶奶睁大眼睛看着我,她浑浊的双眼里似乎闪烁着什么东西,我看不明白。

"奶奶,你过得还好吗?"我问。

"嗯,奶奶很好。"奶奶用饱经风霜的声音说,"有存啊,你,你——"

"奶奶,你想说什么?"一周不见,我有数不清的话要对奶奶说,"对了,奶奶,我的室友失踪了——不,他不是失踪了,他是被人害死了。我跟你说啊,这些天,我身上发生了好多离奇的怪事儿……"

等我喋喋不休地把子良的事儿说给奶奶听后,她深深地叹了口气,道:"是得找到那个凶手,将他绳之以法。"

"嗯,奶奶,我会帮子良报仇的。"我说。

"有存啊,上一次,有好心人来看望我。"奶奶掏出了一个手绢,"这是他给我的,你拿着。"

我打开那手绢,里面有一百多块钱。

"奶奶,我有钱用。"

"你拿着吧,奶奶在这里,吃穿不愁。"奶奶慈爱地摸摸我的脑袋,"不过,奶奶很孤单,有存啊,有时间,你要多来陪陪奶奶。奶奶的时间不多了。"

"奶奶,别这么说,等我高考完,整个暑假,我都陪着你。"我心酸极了,"等我上了大学,找到了好工作,我还要好好孝顺你呢!"

医护人员告诉过我,奶奶的身体就要不行了,可是,在奶奶面前,我还要强颜欢笑。奶奶辛苦了一辈子,我希望,至少她在离开的时候,是轻轻松松,无牵无挂的。

周三的中午,那名老警员到学校来找我了——我没有手机,无法留下什么简便的联系方式,只能把我的学校和班级号留给了他。

"我们找到了那个宝马车的车主。"老警员说,"可是,他不承认他曾撞死了人,还藏匿尸体。"

"他当然不会承认的。"我义愤填膺,"他要是个道德高尚的人,当初撞死人的时候,他就会报警,自首,而不是藏了子良的尸体,悄悄离开犯罪现场。叔叔,你可千万别相信他的鬼话!"

"在审讯他的时候,他的表现有些反常,这是心虚的表现。"老警员眯了眯眼睛,掩去了瞳仁里的精光,"也许,他是在掩饰他的罪行。本来,我还对你的话半信半疑,可他的表现让我更加信任你了。只可惜,我们并没有什么直接的证据。"

"可恶!"我握紧了拳头,"我要去找这个坏家伙算账!"

"你找到他又有什么用?"老警员叹了口气,"他要是死不承认的话,咱们也没法子。他可是本地有头有脸的企业家,是上过电视的。"

"这些道貌岸然的人,就会用权势压人。"我恨得牙痒痒,"叔叔,他到底是谁?我要找到他,当面质问他!"

"好吧,告诉你也无妨。"老警员说,"我已经派了我的徒弟监视他,只要他有什么异常情况,我就会下令逮捕他。"

晚上，我躺在床上，翻来覆去怎么也睡不着！怎么办，那人拒不承认，警方又找不到直接的证据，难道就这样让凶手逍遥法外吗？不行，我答应过子良，要帮他报仇的！

夜深了，我总算迷迷糊糊地睡着了，恍惚中，子良又来了。我已经习惯了他苍白的脸色，是的，他已经死了，脸上自然是没有血色的。

"子良，那个凶手好可恶！"我气愤地说，"赵强，你算什么名企业家，你这个浑蛋……"

"有存，我的眼前有一幅壁画。"子良似乎并没有理会我的控诉，而是自顾自地说着，"那幅壁画很大，有两米多长，一米多宽，上面画着很多百合，还有一棵向日葵。这幅画好像很有名的样子，有人专程来看它。我听见人们讨论它，说它价值几十万，名字叫什么《花的容颜》。我也想走近一些，看看那上面的花。可我好冷，我的身体都僵硬了，我动不了。我被困在一个长方形的铁盒子里，我动不了……"

话似乎还没说完，但子良已经消失了。

壁画？长方形的铁盒子？难道那是子良的尸体被藏匿的地方吗？《花的容颜》？我暗暗记下了这些信息。

好不容易挨到周末，我又去了派出所，找到了老警员。

"叔叔，我知道子良的尸体藏在哪儿了！"我说，"赵强是不是有一幅很昂贵的壁画，叫《花的容颜》？子良的尸体就藏在壁画的对面，藏在一个长方形的铁盒子里！"

"是啊，那幅壁画是他花了大价钱拍下来的，就放在郊区他的一栋别墅里。"老警员大吃一惊，"这事儿只有上流社会的少数人才知道，你竟然这么清楚？你从哪儿得来的这个消息？"

"叔叔，原谅我，我暂时跟你解释不了那么多。"我急切地说，"请你去那个地方搜查，只要找到了子良的尸体，一切就真相大白了。"

老警员想了想，最后，他用一种破釜沉舟的口气说："好，我这就去申请搜查令。"

很快，老警员便带着其他两名警员和我一起去了赵强那栋位于郊区的别墅。一开始，我们被西装革履、面相凶恶的保镖拦在了门外。姜还是老的辣，老警员亮出了搜查令，又大声呵斥了几声，那些年轻的保镖便蔫了。

在二楼的大厅里，我看到了那幅壁画：白色的、还沾着露珠的百合，盛放的、金灿灿的向日葵，这些花儿真的很美。我目不转睛地看着这幅壁画，心中涌上一股异常熟悉的感觉：似乎，以前，我就见过这幅壁画。

壁画的对面有一个大大的木柜子，上了锁。老警员捣鼓了几下，就打开了木柜子，在里面搜寻起来。天哪，这柜子里竟然藏着一个冰柜，冰柜里塞着一个人形的东西。

我倒吸了一口凉气：这一定是子良的尸体！他被藏在了冰柜里，怪不得，他会说自己很冷，肢体僵硬。

老警员显然也想到了这一点，他目光深沉地打开了冰柜。

这时候，一个惊慌失措的胖子冲了过来——是赵强。他满脸不安，双目通红，身子哆哆嗦嗦，哪里还找得到半点名企业家的风范！

"别……别动我的东西。"赵强死命拉住了老警员，"这……这是私人住宅，你们……没有，没有权力乱闯。"

在老警员和我看来，他这副惊惶的模样更加说明了心虚。老警员伸手推开了他，厉声喝道："走开，别妨碍我执行公务。"

"我……我和你们所长是很好的朋友。"赵强慌不择言,"你……你敢得罪我……"

"哼!"老警员拉开了冰柜,面露不屑之色,"我老李头这辈子还没怕过什么人呢!"

冰柜一打开,一具冻僵的、血肉模糊的尸体便露了出来。这尸体还穿着旧旧的校服,身上的皮肤冻得铁青。

赵强蒙了,身子一软,便瘫在地上。老警员招呼着自己的两个助手,要他们帮忙把尸体弄出来。

"赵强,你这个伪君子!"我气急地冲上前去,给了他一脚。这个可恶的凶手这才注意到我这个小不点儿。

"鬼……鬼啊!"赵强冲着我尖叫起来,他的瞳仁缩小,身子颤抖,显然是怕得不行。

"什么鬼?我看是你心里有鬼吧!"我怒道。

"鬼——"赵强脸色一白,眼一闭,整个人竟然晕了过去。

"老李,这——"

"啊!"

……

尖叫声忽然此起彼伏地响起——是那两个年轻的警员。我不解地看了过去,只见他们俩正惊惧地望着子良的尸体,而老警员则深深地望着我。

"怎么了?"我朝他们走了过去。

"别过来!"一个年轻警员拿枪对准了我,也许是因为不安吧,他的手竟然在颤抖。这可真好笑,一个警察怎么会握不好自己的枪呢?

"我的仇终于报了!"子良畅快的声音在我耳边响起,我看向了他的尸体。子良的眼睛大睁着,显然是死不瞑目。

"子良，我为你报仇了。"我吐了一口浊气。这时候，子良的五官忽然发生了变化：他的眼睛拉长了，鼻子变得坚挺，嘴唇变厚……而我戴着的金边眼镜竟然出现在了他的脸上。

眼镜？我摸了摸我的脸，触手是冰冷的一片，金边眼镜早已不见了。这是怎么回事？

不对，子良的脸，怎么越看越熟悉？我仔细一看：天哪，子良的脸怎么变成了我的脸？不对，那不是子良的尸体，那就是我！那身校服，我再熟悉不过了，那是我的校服，那上面的补丁还是奶奶给我缝好的呢！

子良是我，我就是子良，子良死了，那我呢？我怔怔地后退着，几乎不敢再看那冰冷的尸体和三名警员各异的脸色。

不，不，这一切到底是怎么回事？我几乎无法思考：怎么了？我到底怎么了？我跌跌撞撞地冲了出去。

我的身子很轻，几乎可以飞起来。我的脑子里一片混乱，这些天所发生的一切像过电影一般在我的脑海里闪现。

谁能告诉我，这究竟是怎么回事？我不安，我无助，这时候，我想到了我最亲近的人，我的奶奶。

我飞奔着去了养老院。

"奶奶！"我冲到了奶奶的床边。她已经卧床不起了，才一周的时间，她似乎又苍老了许多。

"有存。"奶奶摸了摸我的脸，"你怎么哭了？发生什么事儿了？"

奶奶的手跟我的脸一样冰冷。

"奶奶，怎么办？"我无助地哭泣道，"我的身上发生了一件很可怕的事儿……我找到了宝马车的车主,还找到了子良的尸体,我为子良报仇了。可是,诡异的是,那个凶手看到我时,竟然吓坏了,他说我是鬼,他还晕过去了。然后,子良的脸也变成了我的脸,他的尸体变成了我的身体……奶奶,这到底是怎么回事?子良明明已经死了啊,为什么他会变成我?奶奶,我呢,那我是不是也死了……"

"有存,我可怜的孙子……"奶奶也哭了,她用瘦小的双臂抱住了我,"有存啊,你还没明白过来吗?世界上压根儿就没有子良这个人,子良就是你啊,是你杜撰出来的人!"

"什么?"我蒙了,"奶奶,这到底是怎么回事?"

"有存啊,上一次,你来看我的时候,我就看出来了,你早就不是人了,存在于世的,只是你的一缕灵魂。你被宝马车撞了,凶手非但没有自首,还藏了你的尸体。你不甘心就这么白白死去,你想要为自己报仇。而且,你从小就立志要参加高考,考上好大学,以后让我享福,这股信念支撑着你的意识,让你不相信自己死了。"奶奶痛哭道,"子良是你杜撰出来的,那只是你要为自己报仇而幻化出来的幻象。奶奶就要死了,生命力虚弱,所以,我可以看清你的本质,可是,其他人不行。有存啊,要是你一直意识不到这一点,你的灵魂就会一直在这人世间飘荡,不得安宁。上一次,我就想告诉你真相的,可是,你对复仇很执着,我就想多给你一点儿时间,让你抓到凶手。现在,一切都真相大白了,你也该清醒过来了,死人只有相信自己死了,才会得到真正的解脱。"

泪眼蒙眬间,我似乎看到了一幕熟悉的场景——早晨,天刚蒙蒙亮,我就去上学了。在学校门口,我被宝马车撞死了。车主赵强把我的尸体抱进了后备厢,然后把我藏在了别墅的冰柜里。我的灵魂不甘地徘徊着,嘴里不断地说着:"我要报仇……不,我还没有死,我还要参加高考,我要赚很多的钱,让奶奶过上好日子……"报仇,高考，报仇，高考！我的脑海里就只剩下了这两个念头。

执念让我以为我还活着，可事实上，我已经死了。只可惜，蒋老师不知道，老警员不知道，其他人都不知道。或许，在看到我尸体的一刹那，老警员才明白吧。而那两个年轻的警员已经吓傻了吧，连枪都握不好了。还有赵强，竟然直接晕死过去……

"奶奶，我该怎么办？"我哭道，"我该怎么办？我现在明白了，可是，我以后该怎么办啊？"

"好孩子，跟奶奶一起走吧。"奶奶拉住了我的手，"让我们祖孙俩一起去一个没有饥饿，也没有贫穷的温暖世界，好不好？"

奶奶从病床上飞了起来，她老迈的身体似乎突然被注入了无限的活力，她的脸上有了光彩，身子轻盈异常。一片温暖的霞光在我们俩头顶升起，我知道，一个温暖的新世界在等着我们。突然间，我不再彷徨，也不再害怕了，我知道，我的灵魂该归往何处。

"奶奶，我跟你一起。"我笑了，"奶奶，你是我最亲爱的人。"

"好孩子，奶奶永远爱你。"

我和奶奶手拉着手，一起飞向了另一个世界。

彼岸

曾经,我们也身处对岸
茫然不知深浅
在文学的河流里,跟跟跄跄

曾经,我们是现在的你们
曾披星戴月蹚过你们面前的河流

而现在,我们身处你们的彼岸
这里是一个新的起点
我们在这儿

等你来……

此岸

彼岸的风景,文字的魅力
让我们
不惜跋山涉水
不惜披星戴月

一路上丛生的荆棘,我们却能看见荆棘上的小花
一路上的风风雨雨,我们却能记住风雨后的彩虹

抬头,发现
已走过

彼岸
在心里,也在脚下

背后妖灵

遇见你，就是最对的时候

爱的兵法书
文/于佳耿雪

"新上市的果汁饮料，买两瓶送一瓶——这位同学，要来一瓶吗？"

七月，汗水浸透发丝贴上毕多福的脸颊，她仍是长袖掩腕。和她一同推销的温小米早躲到树荫底下第N次补擦防晒霜，从额头到脚后跟，一平方厘米的皮肤也不会放过。烈日下的毕多福只有一个念头，只要再卖两百瓶——两百瓶！她就能多拿五百块佣金。想到那些花花绿绿的钞票向自己飞来，她兴奋地抬高了嗓门儿："新上市……"

哑声。

被迫噤音，毕多福慢动作回身望去，音响线的一端被某个不知死活的家伙捏在手里。想到钞票正在远离自己，毕多福无明火起，"喂，没看到我在推销饮料吗？你凭什么拔掉我的音响？"

"我在楼上做实验，你吵得我没办法集中精神。这里是校园，不是超市大卖场。"他淡定的脸上藏着几许烦躁。

等等，毕多福定睛望去，这个惹事的家伙看上去挺眼熟啊！"是你，管聿怀？"

"又是你，啰唆女。"

于佳：言情小说天后，出版小说100余本，读者遍及国内外，代表作品《涩世纪传说》等。

算上这回，他们已经小战三回合了，可谓孽缘不浅。

头回见面是在图书馆，他来借书，她来登记。看他借了半人高的原文书，她好心提醒他，一次最好借阅一个月内可以读完的书，方便更多人借阅需要的书。他半天没吭声，只将书推到她面前，临走前还不忘送她两个字：啰唆。

第二回见面是在学生餐厅，她勤工俭学，帮忙收拾餐具，他下午三点半晃晃悠悠走进来，把餐卡递过去，漫不经心丢一句"我要午餐"。她很想告诉他，我要午休。

这是第三回合。

他说的实验楼隶属计算机工程研究院，原来他是理工科的书呆子。毕多福理直气壮："现在是午休时间，我在公共场合推销饮料有什么错？"

女生果然不可理喻，管聿怀重申："我需要安静的研究环境。"

"我需要赚钱。"她打工很辛苦，毕多福只问他要音响线。

不给是吧？偷瞄到管聿怀另一只手小心翼翼地捧着一个小机器人，趁其不备，毕多福抢过他手里的机器人。"一样换一样，公平交易。"

管聿怀眼神一凛："还给我。"

"不给。"毕多福扬起手臂，机器人在空中划了一道漂亮的弧线，准确无误地降落在冰镇饮料的桶里。

机器人凉快了片刻，管聿怀的心降到了冰点。

毕多福，于管聿怀，必多祸也。

"我不是故意的，真的。"

毕多福再三向温小米保证，她的闺密忙不迭地点头："不就一个机器人吗，了不起你买一个赔他喽！"

"可是……"

可是，他当时的表情好像心被瞬间冰封，那个机器人对他很重要吧！

她沉寂的片刻，三号桌要服务。毕多福端着柠檬水走过去，远远地瞧见他灯下的侧脸，静水深流，缄默地坐在一隅，对面是喋喋不休的女生。

"你总是这样，交往三年了，只顾你的研究，你什么时候在意过我？人家女朋友过生日，男朋友都如何如何，你呢？你又为我准备了什么？"

——"我们分手吧！"

这是最终的台词。

他的女友，过去式的女友走了，他依旧沉沦在昏暗的灯下，静默无言。

毕多福将柠檬水放在他手边，小心翼翼的。"那个机器人……被我不小心掉到冰桶里的机器人就是送她的礼物吧？我……我可以跟她解释……"

今天的柠檬水酸到骨子里去了，他一口饮尽，起身走人。

丢给她的还是那两个字："啰唆。"

走了两步，他转过身望着她，凝望久久："现在有空吗？陪我去一个地方。"

明明有蓝调在流淌，世界却静得好似只剩下他一个人。霓虹在他阴暗的身后闪烁，他的视线像有魔力，将她的双脚钉在地上。

有些失落，有些无助，还有危险的、迷茫的、无力的……种种复杂情绪，尽闪在那俊魅的眼底。

明知不应该，毕多福却恍似握住了棒棒糖，下意识地塞入口中，甜蜜得让她必须付出昏厥的代价。

"好。"如果这是她欠他的。

他带她去的,是隔壁街的餐厅。

站在包厢门口,他的手臂环上她的腰际。毕多福下意识地向后退,他的手臂却搂得更紧。她偏过头来望着身边的他,有些迷惘。

他丢给她熟悉的三个字:"别啰唆。"

包厢里早已聚满了人,他热络地同众人打招呼,大家的视线都集中在她身上,议论纷纷。

管聿怀你换口味了?系花不要,爱杂草?

他慵懒地倒在沙发上,手臂紧紧勒住身旁局促不安的女生:"甜品吃多了,易得糖尿病,我现在想换柠檬水,爽口。"

爽口的柠檬水努力微笑,尽职尽责地配合他,时不时偷偷打量他的反应。他分明在笑,眼眸却深似海,那么寂静。

包厢门再一次被推开了,服务生送来大得有点儿吓人的生日蛋糕。

管聿怀怔住了,周遭的笑声戛然而止。

蛋糕上赫然裱着"生日快乐,真的爱你",这八个字让毕多福的存在更像一出闹剧。

既然已经登台,就要演到谢幕。

毕多福走到蛋糕旁,回身扑进了管聿怀的怀中:"你怎么知道今天是我生日?我以为你忘了呢!谢谢,我真的好高兴。"

"不会这么巧吧!"周遭嘘声一片。

她亮出身份证,验明正身,还真是这一天。

"真巧。"她在他耳畔低语,"谢谢你的生日蛋糕,长这么大还是第一次吃呢!"

怎么可能?他狐疑。她笑靥如花,绽放在他的眼底。

尴尬的气氛一扫而空,包厢里重新燃起笑声。

大家提议生日蛋糕新吃法以测试这对新诞生的情侣间的默契程度，管聿怀被蒙住了眼睛，毕多福被捆住了手脚，他需在她的指挥下将蛋糕喂进她的口中，吃完一整盘才算成功。

她有点儿勉强地看着一大盘蛋糕，到底还是同意了。

"再往上来一点儿……这是我的下巴……再往上一点儿……好好好，就这里，停住别动……"

他终于摘下了覆住眼睛的布，面前的毕多福早已面目全非。眉眼口鼻沾满了奶油，却仍咧着嘴，笑得愉悦。

真是奇怪的女生，没心没肺，他想。

松开了手脚，她立刻奔向洗手间。

许久不见她出来。

玩不起，逃跑了吗？

到底，管聿怀还是不放心地站在了洗手间的门口。里面传来一阵阵的呕吐声，他的心头窜过一丝犹豫，推开门他望了进去。

方才还笑得璀璨的毕多福正蹲在一旁抠喉，他嘴角掠过一丝冷笑："如果怕胖，刚开始就不用吃的。"

她回身，唇边还挂着来不及拭去的污秽。他身后的窗外一片黑，星光稀微，他好像要沉进黑暗里去了。她想伸出手拉住他，可伸出的手上挂着吐出来的黏液，她瑟缩着退了回去。

"你吃腻了甜品可以尝尝柠檬水，我却从来没有放心大胆地尝过糖果。可以吃的时候，为什么不好好品尝呢？明明爱她，为什么故作不在乎？"

她笑着，仍是无忧无虑的毕多福。

"要你啰唆。"他摔门而去。

不属于她的生日蛋糕，到底还是不属于，即使吃了，也要吐出来。

毕多福瘫倒在地,摸出了手机,已看不清数字键,她模糊地按下快捷键:"小米,是我,我现在眼睛痛,你能来接我吗?"

两个小时后,毕多福躺在医院的床上,双眼空洞、灰暗,没有一丝光从里面反射出来。小米坐在病床边上,她看着毕多福毫无表情的脸,心里一阵阵地痛,她抓起毕多福的手,紧紧握住,忍了又忍,眼泪还是涌了出来:"多福,你的眼睛,你要怎么办啊?"

多福勉强扯出一个笑容,朝着小米所在的方向略一偏头,轻轻地开口:"哭什么,不是早就知道有这么一天吗?肿瘤早晚都会让我的眼睛失明的。"毕多福说完后稍稍一顿,接着她又像忽然想起什么重要事情似的声音微颤着对小米说道:"小米,我告诉你哦,我终于依偎在管聿怀的怀中过了我二十一岁的生日,还亲手喂我你帮我送去的蛋糕,我觉得自己好幸福啊。"几滴晶莹的泪顺着毕多福的眼角悄然滑落,又被枕头瞬间吸收,从这个世上无声地消失了。

"多福,你太傻了。"看着多福痴情的模样,小米的心更疼了。

其实,早在图书馆相遇之前,毕多福就已经认识管聿怀一年多了,而且她认识了他多久也就偷偷地爱了他多久,毕多福知道他已经有了女朋友,可她就是抑制不住对他的喜欢,每见他一次,心就要狂跳好久。毕多福明白自己相貌平平,她不奢望他能注意到她,她也从没想过要走进他的生活,她唯一的奢望也不过是能够每天悄悄地见他几次。直到有一天毕多福在学校外面的餐厅打工时突然晕倒,待她清醒后医生竟然告诉她她的脑袋里长了个肿瘤,如果不及时治疗,肿瘤会压迫视神经导致她失明,甚至还会危及她的生命。

毕多福已然忘记自己是如何走出医院，又是如何找到小米，伏在小米怀里使劲地哭，仿佛要流尽身体内的全部水分才肯罢休。

毕多福没钱治病，她心里满满装着的全是对管聿怀的爱，她不知道要怎么办，哭完后她把自己内心所有的无助、不甘与害怕倾倒给了小米。

"那就让管聿怀知道你的存在。"这是小米听后唯一能帮毕多福做的。

于是就有了图书馆的第一次面对面相见，毕多福鼓起勇气向管聿怀说的第一句话却被他回一句"啰唆"。毕多福又到学生餐厅打工，只为了能让管聿怀再次碰到自己，可他好像依旧没记住她。在这期间，毕多福的视力越来越差，她为自己配了一副眼镜，只为能在每一次遇见时看清他的模样。

一直到后来，毕多福越来越害怕，越来越想抱一抱管聿怀。毕多福不得不故意到实验楼下插上音响大声贩卖饮料，即使知道他喜欢安静做研究讨厌噪声干扰，但为了能见他一面，毕多福什么也顾不上了。再然后，她故意扔掉管聿怀的机器人让管聿怀能真正记住自己一段时间，哪怕只是一小段时间。小米早已打听到管聿怀的女朋友和毕多福同一天过生日，那么又有谁的女朋友看到男朋友在自己生日时什么礼物都没准备而不发火呢？到时候毕多福便可以摔坏机器人为理由请管聿怀吃饭，然后再装作什么都不知道的样子告诉他自己今天过生日。

一切都进行得顺顺利利，只是毕多福没想到管聿怀会主动约她，她只好偷偷打电话告诉小米让她向隔壁街的餐厅送一个大蛋糕——便有了后来的一切。

一幕幕场景在毕多福脑海中闪过，每个场景中都有一张管聿怀的脸或气愤或厌烦或伤心地看着她，毕多福缓缓地闭上眼睛。管聿怀，

我爱你,就算将来我真的死了也没什么遗憾了。

> **作者点评:**
>
> 　　感谢续写的作者给了原故事一个很好的解释,填掉了一个天坑。如此短的篇幅将故事叙述完成,可见作者的叙事能力是非常强的,相信在未来的写作之路上会开辟出属于自己的一片天地。唯一美中不足的是,原文是一个幽默化活泼的故事,续文浪漫有余,但略显忧郁。但这也是作者的个人风格吧,已经很不错了。
>
> 　　　　　　　　　　　　　　　　　　　　　　　——于佳

你不知道的事

文 / 绿亦歌　梦沉浮

研究生毕业的第三年,我辞掉了人人羡慕的工作。用两年攒下来的钱,再加上问父母借来的一些钱,在一所全市闻名的理工科大学里开了一家书吧。

书吧的名字叫"你不知道的事",我觉得作为一家书吧,真是再贴切不过的名字。书吧的墙上挂着许多相框,上面是世界各地不同的美景。

"这些是你去过的地方吗?"有学生好奇地问我。

"不,"我摇摇头,"我其实并不太喜欢旅行。"

实际上,我来这里开书吧的行为,被亲朋好友统统斥责了一番。他们认为27岁的单身女孩子,应该有一份正儿八经的工作,每天按部就班地过日子,周末相亲,早早把自己嫁出去。

而我的行为,无疑就是疯了的表现。

"退一万步讲,你真的厌倦了工作,想要当文艺青年开书吧,应该去一所文艺气息浓的大学,去一个根本没什么女生的理工科大学做什么?你跟他们谈人生,他们只会反过来问你懂不懂LTE(通用移动

绿亦歌:励志青春偶像型作家,学霸。大学期间以专业第一的成绩被派送至美国交流学习一年。拒绝帝国理工学院计算机系研究生,现于香港科技大学攻读硕士。代表作有《岁月忽已暮》等。

通信技术的长期演进)。"

我不知道该怎么回答。反正已经任性了,那就让我任性到底吧。

结果没想到,我的生意比我预期的好许多,三个月以后,渐渐开始盈利了,也有了一两个关系很好的客人,和她们成了朋友。

"你是从这里毕业的学姐吗?"其中一个人好奇地问我。

"不是,"我笑着眨眨眼睛,"我的母校和你们隔了一条街,在隔壁。后来毕业,去英国读了硕士。"

"啊,"她们露出很吃惊的表情,"那你究竟为什么要辞职?"

世间万千说不得,说来说去,还不是为了感情?

在伦敦的时候,我喜欢上了班上的一个男生。这里正是他的母校。

遗憾的是,我遇见他的时候,他已经有了喜欢的女孩,普普通通,并没有很出众的样子。可是有什么办法呢?他偏偏就喜欢她。

毕业后,他留在英国,我回国在一所"世界五百强"公司上班,可是我觉得不快乐。

离开他的日子越长,我发现我越不快乐。

再然后,是这一年的冬天,我开始学习织围巾,上午的生意向来冷清,我全部用来织围巾,虽然不知道要送给谁。

在第三团毛线用光的时候,有人推门而入。

我抬起头,我手中的围巾"啪嗒"一声落下去。

我一直记得最后一次见到他的情景。那时候他已经和女朋友分手,在英国别的城市找到一份工程师的工作,他把行李全部装在后备厢里,准备开车离开伦敦。他出发的那天,我偷偷去找他,我看到他从宿舍里走出来,检查好车胎,然后站在四下无人的路边,低头抽了一支烟。

我不知道他在想什么,其实关于他的一切,我所知甚少。

我很想上前同他说什么，他却一抬头，看到了站在转角的我，他淡淡地笑着冲我挥挥手："拜拜了。"

我木讷地站在原地，呆呆地看着他。

为什么要来这里开一家书吧呢？

因为啊，我总是觉得好后悔好后悔，如果我比她、比所有人都早一点儿认识他，如果当年填志愿的时候，没有那可笑的一念之差，我就能和他成为同学，与他并肩走在这个校园中。

这样的话，说不定，他会爱上我。

我捂住嘴巴，有点儿想哭。

他看到我后十分诧异，惊讶得说不出话来："你？"

"好久不见。"我听到自己哽咽地说。

我信步在母校里走着，走过一条条熟悉的路，路上走着一个个朝气蓬勃的学弟学妹。

一年前，我从英国回来，回到这个我土生土长的地方。英国虽好，但总有着距离。相对于刀叉、牛排，我更倾向于筷子、米饭。英国的生活，对于我这样的中国人始终无法完全融入其中。而我回国，也是为了找寻一个人，只是不知道她在何处。

今天是大学同学会的日子，我应邀前来。几天前知道要举行同学会的时候，我预先做了准备。我在电脑上登录了校园的论坛，看看学校最近的变化。在论坛上，我偶然地发现了这家书店，名叫"你不知道的事"，这名字引起了我强烈的好奇。

现在，我正站在这家书店门前。

我推开门走进去,看见书店里的她。她听到声音抬起了头,与我四目相对。

我很诧异她竟会在这,而她似乎也很诧异我的到来,因为她手中的围巾刚刚从手中滑落,但她竟没有去管围巾,反而伸手捂住了嘴。

"你……"我说不出话来。

"好久不见。"她的声音很轻柔,但我怎么觉得有着稍稍的颤抖?

我注意到墙上的照片。那,那是我曾经送给她的。

我的诧异变成了惊喜。

她是我在英国的同学。在其他国家遇到故乡的人,缘分可谓不小,于是便有所接触,这些照片也被我送给了她。

她很漂亮,但当时心有所属,也就没有进一步发展。

临近毕业,我决定离开伦敦,去另一个城市发展,作为一个工程师。但因此和女友吵了一架,分道扬镳。那天离开的时候,我心灰意冷,独自将宿舍里的东西丢上租来的车,舍友早就走得一干二净。我检查了车胎,站在路边抽了根烟。烟雾缭绕,口中还有尼古丁和焦油的苦涩滋味,但远比不上我内心的苦涩。在这异国他乡,到了要离开的时候,却没有一个人来相送,四下无人,唯有空旷的街。

我抬起头,却看见她站在一个转角,远远看着我。我笑了笑,冲她挥挥手,说了声再见。在那无人的街,那个单薄的身影,走进了我的内心。

后来,我也曾找遍伦敦,却怎么也找不到记忆中的那个身影。没想到她竟然在这儿!

> **作者点评:**
>
> 　　用男主角的视角来续写很新颖，男主角对女主角的感情也写得很真挚，不会觉得突兀或者生硬。女主角的形象描写也和我自己所想的非常符合，很惊喜。画面感很强，特别是男主角记忆里抽烟的镜头，语言运用得很成熟，细节描写得也很到位。你喜欢的人正好也喜欢着你，大概就是世界上最幸福的事情了吧。谢谢这位读者，写出了一个比我自己构思得还要好的续。
>
> 　　　　　　　　　　　　　　　　　　——绿亦歌

偶像之约

文 / 周德东　隋秀梅

　　本来，这只是长滨和小尉两个人的计划，临时加进了亲亲。亲亲是个女孩。

　　寒假第一天，他们要去拜访雁大。没错儿，就是那个写悬疑小说的作家，他们要请教一些写作小窍门，汲取一些勇敢正能量。

　　长滨和小尉不但是雁大的铁粉，而且喜欢写这种类型的故事，小尉还是某网站的签约作者。亲亲只喜欢读爱情小说，但是她喜欢长滨，于是就跟来了。

　　两个铁粉是通过微博私信联系上雁大的，雁大在山区写作，那地方手机没有信号，他给了两个铁粉一个地址：小乡村114号。

　　昨夜下了场大雪，一尺厚，覆盖了高高低低的建筑物和长长短短的街道，这个世界立即布满了秘密。

　　小乡村够远的，三个人骑车走了将近一个钟头，终于找到了。小尉本质上很腼腆，就要见到偶像了，他突然变得胆怯。

　　长滨不一样，他拽着亲亲，大大咧咧地走在前面，寻找那个门牌号。

周德东：作家，编剧，被称为"中国恐怖小说第一人"，连续三年被评为"网络最受欢迎作家"。曾与李少红合作电影《门》。曾担任国内第一部悬疑舞台剧《吉祥公寓》的编剧。

最后那个农家是113号,离村子大约半里处有个院落,毫无疑问,就是那里了。

三个人来到这个院落前,看见大门上有个匾,写着"雁贝居"。他们把单车支在雪地上,长滨上前"当当当"敲响了大门。没人回应。他推开大门,三个人朝里看了看,一座典型的农村小二楼,旧旧的,旁边有个貌似车库的房子,没有大门,在刺眼的雪光中,里面黑洞洞的。有一行脚印从正屋伸出来,来到院子里,堆了个雪人,雪人叼着烟斗,很可爱的样子,接着,那行脚印又回到了正屋。看来,雁大在里面。

三个人互相看了一眼,走进了院子。长滨大声喊起来:"雁大!"

还是没人回应。

长滨说:"你们在这儿等着,我进去看看。"说着,他一个人来到正屋门前,轻轻敲了敲,接着小心地推开,进去了。那扇门半敞着,望进去黑乎乎的,过了好久也不见长滨出来。

亲亲看了看小尉:"怎么回事儿?"小尉不满地说:"没经过人家允许,他不该这么闯进去的。"亲亲说:"走,我们去看看。"小尉很不情愿地跟着亲亲走进了正屋。里面冷飕飕的,没暖气,不像住人的房子。亲亲喊了两声,竟然一片死寂。

亲亲有点儿慌了。

两个人找遍了一层,接着来到楼上,没看到一个人影!

小尉的眼里充满了警惕,他四下看了看,听了听,低声说:"我们估计被什么人骗了!快离开!"亲亲说:"不可能!长滨怎么办?"小尉看了看墙上,突然说:"刚才这里有字吗?"亲亲顺着他的目光看去,见墙上有个红墨水写的"B"。她说:"我不记得了。"小尉皱着眉嘀咕道:"B……什么意思?"亲亲说:"会不会在我们上

楼的时候,他去了旁边那个车库呢?"小尉说:"他在跟我们捉迷藏吗?"亲亲说:"怎么说我们也得去看看啊。"

两个人走出正屋,跑进车库,里面空无一物。他们正要离开,只听"哐当"一声,身后突然掉下一个卷闸门!小尉惊恐地跑过去,上下摸索,里面竟然没有开关!

他叫起来:"我早说了!这个地方有问题!"

亲亲说:"你急什么!"

接着,她四下查看。

这个貌似车库的房子举架很高,棚顶有个天窗,透进光来。不过,两个人根本够不着。这时她又在墙上发现了红墨水写的字,是三个"人",从上至下摞在一起。

小尉颤巍巍地说:"这下完了。"

亲亲看一眼慌了神的小尉,然后,把目光落在墙上。感觉刚才的一切很诡异。

虽然她平时在女生中以胆大著称,不过此时,她身上每根神经都紧绷着。时间一分一秒地过去,周围寂静得似乎连空气都凝滞了。

小尉六神无主,眼巴巴地看着亲亲,盼望着一瞬间,能想出办法来。

墙上三个"人"字,从上至下摞在一起,到底在暗示着什么呢?

苦思冥想的亲亲,突然灵光一闪,说:"莫非是想让咱们三个人,一个踩着一个肩膀头,从天窗爬出去?"

"可是,长滨不在,仅凭咱俩是无论如何都出不去的。"小尉一副怯怯的样子。

亲亲抬头看看天窗,这是通往外面唯一的出口,却那么可望而不可即。

从天窗透进来的光线很充足,投在地上,有一小块光亮。亲亲这才发现貌似车库的水泥地面上,只有此处,是三尺见方的水泥板,吻合地镶嵌在天窗下面这块地方。

她站到光亮中去,想仰望那小小的一块天空。可就在这时,不可思议的事情发生了。亲亲感觉脚下有轻微的震动,她一惊,慌忙跳开,水泥板缓缓地侧翻竖起,露出一个大洞口。

小尉紧张到甚至忘记了呼吸。

见洞口半天没有动静,俩人小心翼翼地朝洞里探望。里面黑乎乎的,似乎空间很大,有几级楼梯通向下面。"难道这是一个通道?"亲亲疑惑地看着小尉说。

这时,小尉发现水泥板的背面,用红墨水画着一个"笑脸",充满讥讽诡异的意味。"什么意思?是挑战吗?"亲亲说着,就要下去看看。小尉惊恐地一把拽住她说:"不要下去,再把咱俩全关在底下,那咱们就彻底玩完了。"

"在这里待着也出不去,还冻得慌,倒不如下去看看,或许会遇上长滨呢?"亲亲看着抓住自己衣服不放手的小尉,继续说,"要不,你在这看着,我进去?"

"别,都走散一个了,还是俩人在一起有安全感。"小尉松了手,跟着亲亲一前一后下到洞底。

俩人刚一落地,上面的水泥板便自动盖上。虽然俩人有心理准备,但还是一惊。小尉不由自主地又拽住亲亲的衣服,生怕一松手就剩下他自己。

亲亲掏出手机,打开手电,小尉也忙掏出手机。豆大的亮光,让俩人的眼睛逐渐适应了洞里的黑暗。俩人深一脚浅一脚地在黑暗中摸索着前进。

没走上几步,蓦地灯光亮起,俩人一下子暴露在地中央。俩人呆愣了一下,然后,警觉地环顾四周,发现这里别有洞天:雪白的墙壁,乳白色的地板砖。在灯光下异常洁净。

很明显,这是一间地下室,有两扇门虚掩着,不知通向哪里。

亲亲压低声音对小尉说:"走,进去看看。"她不等小尉回答,便一马当先轻轻地推开虚掩的门。

一条十米多长的走廊亮着灯,两侧各有两个房间。两人走到一房间门口,发现门开着,里面亮着灯。靠墙的两张桌子上各摆放着一台电脑。其中一台电脑开着,上面清晰地显示着地面上的一些角落。小尉当即说:"哦,原来上面都安装了监控器,咱们也太粗心大意了,愣是没看到。看来一切都是人家设计好的,是谁呢?雁大吗?他也太不够意思了,咱们大老远来的,他竟这样对待咱们。他人呢?"

亲亲关心的是长滨,说:"走,去找找。"

说着,俩人转身出来,刚要奔向下一个房间,就听到说话声:"你坐下等他们吧,那女孩子胆子大,我保证他俩一会儿就能找到这的。"

亲亲听到这话,几步蹿到门口,看见长滨正和一个三十岁左右的男人坐在沙发上。不由得惊喜地叫道:"长滨!"那样子仿佛几日不见。

"亲亲,小尉,这是雁大。"长滨指着同他一块站起来的男人说道。

"雁大!你就是雁大!"小尉兴奋得忘记问长滨是怎么找到这的了,到底是雁大的铁粉,经历了刚才的恐慌,一改往常的腼腆。

相比较之下,亲亲的表情淡淡的。

"不好意思,刚才让二位受惊吓了。"雁大一边道歉,一边热情地请俩人到沙发上,之后便讲起了原委。

原来,山区冬天冷,没有城里取暖条件好。地下室冬暖夏凉,隔音效果好,雁大也是为便于写作才修建了地下室。过起了隐居在地下写作的生活。为了能了解地面上的情况,便在各个角落安装了监控器。

他是写恐怖类故事的,于是,突发奇想,让慕名而来的铁粉都亲身体验一把心慌害怕的经历。虽然每个远道而来的铁粉当时都虚惊一场,但过后,都无不说很刺激,很有趣。

刚才,为了欢迎、引诱他们三个,雁大事先在院子里堆个雪人。自此,这个与众不同的偶像之约的游戏便开始了。

> **编者点评:**
>
> 周德东的恐怖悬疑小说可谓经典中的经典,但是这位读者的后续写出了自己的风格。这位读者用细节将故事层层推进,"从天窗透过来的光线""雪白的墙壁、乳白色的地板砖"等细节描写让整个故事的画面感增强。如果高潮部分能再多些悬疑因素就更完美了。
>
> ——编者

红毯上的角逐

文 / 青罗扇子　韶汐

镁光如海。

赵露白从车窗望过去，红地毯两旁是黑压压的媒体记者、粉丝，无论什么时候这个圈子都闪耀着迷人的名利气息。这么些年，年复一年，日复一日，从未变过。只是每年风景不同而已，有人销声匿迹，有人荣冠加身。

成王败寇。

这是娱乐圈最危险也是最动人的地方。

年轻男子已在车内等了两个多小时，他的脸白皙瘦削，鼻梁线条完美，有种干净清澈的气息。

才二十岁出头的年纪，就这般如水沉稳，很难得，赵露白在心里评估着。

通常能做到这样的，往往有着大抱负。

所以，她才会选中这颗棋子。

她曾带出过"天王""巨星"，谁说她以后就不能再带出一个？只要她不认输，赵露白依旧还是这圈子里屈指可数、人人都要尊称一句"白姐"的金牌经纪人，最厉害的幕后推手。

青罗扇子：畅销小说作家，编剧。她的文风大气励志，温暖深刻，同时又催人泪下，无数读者曾说看了她的书而得到了很好的人生力量。

"渴了吗？"年轻男子留意到赵露白那逐渐变得遥远的眼神，递给她一瓶新的矿泉水。

他需要她，却又有着不动声色的担当。

"会不会累？"赵露白接过矿泉水，回问了一下，一看连瓶盖都帮她拧开了，这些体贴的细节让人感到暖心。

"还好。"

没有急躁，没有疑问。

赵露白笑了笑。

他的出场时间是半个小时后，她没告诉他理由，只是让他等。

而他显然也很有耐心，不多话，不多问，等到现在。

"越到最后，越是压轴。这次压轴的，是'著名演员'宫森。但倒数第二位，会由公司总裁亲自带领入场！"

赵露白看着车外的红毯，手指在车窗上敲了敲，眼底划过一抹流光。

"我们要的，就是这个。"

由公司总裁亲自带领入场，对圈外人来说，或许算不了什么。然而对圈内来说，却是一个信号——明眼人都清楚，这暗示，这个艺人将会是今年力推的新星！

这样的机会，是在赌。

但这个赌约她不会输。他欠她一份情，就永远不会拒绝她。人生就是一场孽缘，她欠他，他欠她，割不断前缘，斩不尽后情。

时间到了，赵露白先下车，拉开车门。

年轻的男子只是刚出道的新人，她在细节上却按照"天王"的规格对待。只有她先这样做了，其他人才会比她更尊敬他，看重他。

赵露白再次审视了一眼，对方神色从容，白净优雅，西服设计简约，黑白两色拼接，从腕表到光可鉴人的皮鞋，无一处不时尚别致。

即便是最毒舌的时尚专栏撰稿人也只会笔锋一转,赞其品位。

他站在夜风之中,仿佛自成发光体,其他的一切黯然失色。

天生要成为"巨星"的人啊。

她苦涩地笑了一下:"很好。"

公司总裁果然只是别有深意地看了她一眼,就笑呵呵地带着她的艺人走上红毯。两个人一路向媒体打着招呼。总裁给面子,老练地推荐着,明显在罩着她的人。而年轻人也不失风度,沉稳有加。

赵露白欣慰地笑了笑,一个好的开端。

"一个好的开端,未必注定一个好的结局。"有人靠近。熟悉到极点的声音,沙哑中透着磁性。

她曾经为他的台词功底着迷。

任何感情戏、文艺片,只要有他,就能把感情演绎得催人泪下。

所以到了后来,她也入了戏。

"为了他,你连最后那个机会都用上了?"

赵露白不用回头就知道来人是谁。

今晚走红毯的压轴人物——"著名演员"宫森。

"你当初为了公司,改行当经纪人。阮总答应了,给你一个特权。只要你求他,他就会答应你,任何条件。"明亮与黑暗像胶片的光影,融汇在宫森好看的眉眼中,像文艺片一样令人回味。

赵露白心想,难怪当年她这么爱他。

赵露白垂了垂眼,其实他不知道,是两个。她用人生中最美好的青春为公司培养艺人,赚进大笔财富,才换得特权。

最重要的那个,已经用在了你身上,虽然你从来都不知道……

赵露白再次轻笑起来,眼底有种奇异的光。

"宫森,你说,他会取代你吗?"

↑ 青罗扇子
↓ 韶　汐

到底是"著名演员",宫森的眸光丝毫不变,依旧是原先那般沉稳。他笑:"这么希望我身败名裂?"

赵露白凝视着黑压压的记者群,被他的话晃了神,很快还是恢复了滴水不漏的笑意和孔雀般的骄傲:"没有赵露白做不到的。"

红毯末端的陆琛沉稳地回答着媒体的问题,留了余光给她。她微微颔首以示赞许,思绪却飞到数年前同样的场景,那个已有成熟气质却又带着生怯的新人,却是宫森。

宫森感觉得到她的目光锁在红毯末端,却依旧没有移开在她轮廓上流连的视线,直到他也将踏上红毯。就这样看着她多好。这机会太难得,记者们忙着采访陆琛,并无人注意尚未登场的他。

按动快门声再次密集地响起,她暗暗地离开了会场。拿出手机给娱乐版面负责人发短信,却在通讯录上瞟到了宫森的名字。她没犹豫,手指一点,号码和名字都消失在屏幕上。

要是忘记一个人亦如此容易,何来孟婆的传说?

接下来的一切如她所料般顺利。陆琛人气暴涨,各大媒体留足了版面,主演的电影也放出上映的消息,综艺节目上的出镜率也不断提高。

但她只想看到宫森像一颗流星般璀璨后陨落。她要让宫森知道,她可以没有他,而他不能失去她。

她看着高脚杯中映着的自己,也看见同样端着酒杯走来的阮晟。她笑:"阮总心情不错。"

阮晟也笑:"陆琛这匹良马,你相得不错。"

"陆琛本来也有志在圈中占有一席之地，我有目的地帮他，他也有目的地接受帮助，双赢。"

阮晟举杯与她的酒杯一碰："接下来你打算如何？这圈子变化的确快，前些时日还如日中天的宫森，近来却像销声匿迹了般。"

"我能如何？阮总，我是陆琛的经纪人，要做的自然是保他尽可能长久地红下去。之后，我或是另寻一只潜力股，或是还当我的赵主播。"

阮晟也不尴尬，笑道："赵露白啊赵露白，你这人就是做什么都太用力了。"

"阮总，我是个被戴过两次绿帽子的女人。既然男人靠不住，我只能拼命点儿，让自己得以生存。"她也笑，三言两语后告辞。阮晟无奈地目送，回想起最初她为他辞去当红主播的工作，到他的公司做一个小小的经纪人，一个弱女子一手捧红了宫森，撑起了公司，而自己却另寻了佳人为侣。宫森的猜测也不算错，他的确因为愧疚在弥补。她不贪心，只要过两个特权。

一个，是在宫森背叛后，她提出，要阮晟尽量让宫森长久地坐在"著名演员"之位。

一个，是后来她定要证明自己的能力时，提出的要阮晟亲自带陆琛入场。

现在想来，他和宫森同样背叛过她，他却没有得到像她对待宫森般的回报。可能仅仅因为不够爱吧。

此时的赵露白当街独立，随意浏览着手机资讯，注意到早前被她忽略的短信。没有署名，她却知道是谁。

赵露白，你做到了。

手机资讯提示音响着，她随意看去，心像猝不及防地被狠狠砍上一刀。标题的大字很耀眼："著名演员"宫森因胃癌病逝，近日消失原是在医院与病魔斗争。

怎么会？

她战栗着疯狂地点击着"退出"，她才不看这谣言！

可是，心还在清楚地痛着。到底发生了什么？

她还是在很久之后才知道一个秘密，宫森的秘密。

他看过她在深夜的节目，很简短的报幕，她念得极为认真。一棵攀岩的凌霄花，就这样爬上了他的心。他得知她转行当经纪人，他选择更换公司，到了她的公司，只为能为她的奋力攀登，出那么一点点的力。

还好，她终于爱上了他，他终于得到她的心，就在此时，他被查出胃癌，晚期。

他知道以她的性格，他若死去，给如此拼命的她带来的打击会放大数倍。他唯有假意与另一女子相好，让不服输的她有了新的生活依靠。

可是这些，她知道得太晚了。

如今的赵露白还是原来的霸气外露的金牌经纪人，只是她更孤独，孤独时，会一遍遍搜索着宫森的名字，一遍遍回忆着曾经在她生命里发光的这个人。

她看到一则很早很早的并无人注意的新闻，拍下的镜头是那天红毯外，他看着她，目光似月温柔。

她看得落泪。这场红毯角逐，她赢了，却输掉了他。

> **作者点评：**
>
> 人物性格、行文节奏跟原文保持了相近的力度。在有限的字数里，几起几浮，波澜惊变，情深不悔，很不错。若在视角镜头转换上，处理得自然点则更好。
>
> ——青罗扇子

假寐游戏

午夜解剖室

文 / 安以陌　李卓轩

F大是一所百年医科名校。

像这类有着百年历史的医学院总有一些共性，比如"录取分数线居高不下""学生间竞争激烈、缺乏友爱"，还有最重要的一点——鬼故事特别多。

在F大所有的离奇故事中，"午夜解剖室"一直高居BBS（网络论坛）校园惊悚传说排行榜榜首。这间解剖室八年前发生了一起意外，据说有两名特别勤奋的学生，半夜也偷偷进解剖室练习，却打翻了装着剧毒药物的药剂瓶。事故直接导致了我同系的一位学长的死亡，那学长死前刚拿到系里唯一的赴美交换生指标。真是太可惜了，据说死得不甘心的人特别容易逗留人间。有人看到那位学长在出事之后的深夜还回到了那间出事的解剖室，继续着他的功课……

不过，身为祖国未来的栋梁，我自然是不会相信这些无稽之谈的。如果不是因为和寝室那几个家伙打"拖拉机"输了，我根本不会无聊得半夜来这种地方。怪只怪那个秦昊，我明明不会打扑克牌，他非要拉着我一起打，浪费了我一个晚上的温习时间不说，输了还要接

安以陌：职业是媒体人、作家。治愈型疗伤类文笔，用温暖的笔触书写残忍，让绝望中的人可以读到希望。出版《陌上云暮迟迟归》《清梦奇缘》等文学作品。

受惩罚。我正在心里埋怨的时候，秦昊终于吭哧吭哧地跑了过来。

"怎么不进去？是不是害怕？"秦昊看着我，笑得眼睛眯成了一条缝。

"愿赌服输，来这里是我提议的，有什么好怕的。我只是觉得会耽误学习！"我没好气地说道。说实话我实在不喜欢秦昊，他平日里就知道吃喝玩乐和泡妞。更可恨的是，这个吊儿郎当的家伙成绩却不差，永远压我一头。学校还把今年的赴美交换生指标给了他，那我每天的努力付出算什么！

"学习是要用对方法的，天天看书看不成学霸，只会成为没女生喜欢的书呆子。"秦昊笑着搭上了我的肩膀，继续劝说，"晚上去解剖室可以锻炼胆量，而且以后当了医生难免会有夜间手术，这次就当提前练习。"

我推了推眼镜，不理会他。

夜晚的实验楼十分寂静，只有教室走廊里还亮着昏黄的灯光。一楼走廊的墙壁上挂着一排照片，展出的是百年来的杰出校友代表，有一半人都已经入了土，我淡定地从这排"遗像"前走过。

"酷！"秦昊吹了一声口哨儿，吓了我一跳。看到我害怕，他仿佛极其得意，"哥们儿，咱们俩今晚做的事情实在太刺激了。对了，你见过鬼没有？你知道怎么区分鬼和人吗？听说，鬼没有脚，也没有影子。"

秦昊为了吓我，说着惊悚的话题。我冷冷地回他："我只听过老家有一个说法：半夜不要讲鬼故事，会短命的。"

秦昊一愣，后面的话便说不出来了。过了片刻，他不甘心地问我："怎么个短命法？"

"他们一直在找替身，听到你议论他们，他们就会来找你。"我们已经走到了三楼，最里面的一间就是当年出事的解剖室。此刻解剖室的门关着,隐藏在昏暗的走廊尽头,看起来就如同通往另一个世界的门。

解剖室对面是药剂室,我推门进去,在一排橱柜前站定。我拿出了一个无色透明的玻璃瓶,上面是一连串的英文标识。

"秦昊,当年也有两个人在夜晚一起进了解剖室,但只有一个活着走出去了,而那个人就是中了这种药的毒!"我不动声色地拧开了药瓶,"秦昊,你知道吗?那位死去的学长也获得了去美国做交换生的机会。你说,他会不会不甘心,想找替身?"

"小子,你居然也会说笑了,听得我汗毛都竖起来了。"秦昊没有察觉我的异样,我不动声色地拧开药瓶,对面解剖室的门却忽然被风吹开了。

那里面坐着一个面色苍白的男人,我觉得他面熟,却想不起来在哪里看到过他。他正注视着解剖台上的一具尸体,我好奇地朝解剖室走去,却在看到尸体的脸的时候停住了脚步。那具尸体居然和那个坐在解剖台边的男人长得一模一样!

"你看那个人,他没有脚,也没有影子。"身后,秦昊幽幽的声音如凉风一般爬上我的背脊。

我循着他的声音望去,只看到那人空荡荡地还在晃动的裤脚。

我好奇地走向解剖台边的男人。的确,没有脚,没有影子。

惨白的月光透过男人,映在我的身上,不禁使我汗毛倒竖。

我僵在原地,男人却缓缓地向我逼近。明明没有脚,瓷砖却被踩得发出"吱呀"的惨叫。我这才发现,是我下意识地后退。

"秦昊，秦昊……"我的喉咙在无力咕哝，猛地回头却发现，空空的走廊上除了一排排"遗像"外，没有其他的东西了。心中不禁"咯噔"一下，会不会秦昊故意把我丢下。

我不敢多想，故作镇静地穿过走廊，向着尽头的点点灯光走去……

次日一大早，我就见到了秦昊。

"秦昊，昨晚你哪儿去了？"我生气地质问他。

谁知，他竟装作没听见似的，仍然自顾自地讨论。

"秦昊，你！"我气极了，可惜上课铃声响起，无奈只好回到座位上。

不过，他正好坐我前面，上课并不妨碍我。

我正要发问，就听见他细声询问他的同桌。

"唉，你今天见到剑圣没有？"

剑圣是我的外号，因为每次出去打LOL（英雄联盟），我选的总是无极剑圣。可是，他为什么这样问？

"没……昨天晚自习下课你不是还和他在一起吗？"

秦昊忽然不作声了，面如死灰一般。

"你俩昨晚不是去了那间出过事的解剖室吗？"他同桌启发地问。

谁知，他竟痛苦地埋着头。"昨天他进了那间解剖室后，我就没找到他，仿佛人间蒸发了一样……"

我的心可怕地颤抖着，说什么呢，我……我不是就在这儿吗？

怀着恐惧的心情，我煎熬地度过了八个小时。晚自习下课后，我马不停蹄地奔向实验楼，我似乎感觉到——那儿有我要的答案。

"吱呀……"吊灯不停地摇曳，昏黄的灯光在地面上一块一块地洒落。

我来到走廊尽头,推开了解剖室的大门,余光正好看见,药剂室的门虚掩着。我并没有在意,只身走进了解剖室。

因为出过事,解剖室已经很久没有人来维护过,吊灯更是年久失修,只剩下一盏悬挂在解剖台上的日光灯。

"咔嗒"一声,刺眼的灯光从灯管中喷出,照在解剖台的一具尸体上。

我缓步走过去,却使我陷入恐慌——解剖台上的尸体不是别人,正是我。

此时,"我"无力地躺在解剖台上,面色如白纸一般,乌青的嘴唇紧闭着,丝毫没了血色,双眼空洞地盯着天花板。

我颤抖着,仿佛也无神地伫立在原地。

"怎么会这样……这是怎么一回事……"我不敢相信自己的眼睛。

"这是怎么回事……"我仿佛知道无人回答,便无力地呐喊。

"你已经死了!"我错了,一个空灵的声音传来。我猛一回头,是秦昊。"你看……你的影子早已淡了,白天根本看不到你……"我借着灯光一看,果然如此。"你难道不知道吗?自从那个学生发生意外,每一届的交换生都会在去美国前夕意外身亡。"他从药剂室缓步出来,手中紧紧握住一瓶药,脸上堆满了笑容。

我看出这正是害死交换生的那种药剂,这可不是假的。

"可是……"他顿了顿,"我可不想死……只要找到一个替身就行了……"秦昊幽幽的话更增加了我的惶恐。我也明白了,他想置我于死地。

"为什么……呵呵。"他重复着我的话,"因为我要活下去!我要逃脱这诅咒!我有大好的前程!凭什么这样死掉!所以请你帮我忙吧,帮我,替我下地狱!"他病态般疯狂地大喊。

趁机我大步跨向他，谁知瓶盖已被打开，我猛地屏气——瓶内的有毒气体已经开始挥发了。

一不做，二不休！我夺路而逃，顺手带上门。沿着走廊疯狂地飞奔，我从来没有如此渴望新鲜的空气。

一幅幅照片在墙上飞快后退，当我正要走出走廊时，却发现秦昊的微笑已经挂在了墙上……

夜，深了……

> **作者点评：**
>
> 作为悬疑惊悚题材，发挥空间很大，创作难度不小，因为很难抓住原作者的所有伏笔。不过，李卓轩扬长避短，巧妙地从细节入手，抓住了前文中所有可能是"线头"的部分，引申发挥，前后呼应，漂亮地完成了全篇。从而可以看出他对故事的掌控能力、布局能力，以及想象力。后文有意料之中的逻辑性，又有情理之外的惊喜。
>
> 但让人遗憾的是，故事以"鬼故事"开头，续写依然以"鬼故事"结局。在故事主题上，没有拔高立意。任何故事，要被读者记住，最终要落实到情感。在日后创作中，希望他不仅仅能完成一个好故事，也能写出细腻动人的情感来。
>
> ——安以陌

不可思议事件

文／藤 萍　cvnxh

　　樱杏警署的关崎警官拿着几份笔录，旁边的见习小警察递上一杯开水，他敲敲桌子，示意抽屉里面有咖啡豆。小警察懵懂地没有理解，瞪着一双眼睛看着关崎，"警长，我……我又写错了吗？我马上去改。"

　　关崎勉为其难地喝了一口开水："算了。你没写错，我看得眼花，总结一下这三份笔录里，你问出了一些什么？"小警察马上来了精神："报告警长，第一份笔录里，六蚝村地质变动事件里的当事人萧安报警说，他的父母失踪了，没有带走任何个人物品，只有卧室的床单上留下两个人形的印记。"

　　关崎看着他："我们在对A小区异常水蒸气报警的走访中，去过萧安家两次——最后一次是破门而入，搜查了萧家所有的东西——包括床单。"他对小警察摊了摊手："除非我的记忆出了问题，我记得很清楚——萧家的门锁已经被破坏了，外面有警戒线，床单上也没有任何痕迹。"小警察吞了口口水，战战兢兢地说："对，我也记得。但萧安说，他回家的时候，房门是好的，门外没有警戒线，床单上有

　　藤萍：与桐华、匪我思存、寐语者并称为四大言情天后，被粉丝称为侠情天后。第一届"花与梦"大赛冠军。代表作有"九功舞"系列、"吉祥纹莲花楼"系列等。

两个人形的印记。关于这个,我们现场出警的警官也确认了。"关崎仍然看着他:"也就是说——有人——在我们拉了警戒线以后——回去修好了门锁,撕掉了警戒线,并在床单上故意留下了人形印记。沈小梦,你有什么看法?"

被叫作"沈小梦"的小警察干巴巴地说:"警长,我认为……这是对警方的挑衅。"

"没错。"关崎微笑起来,"这是严重的挑衅。"他的脸色随即又沉了,"这也是危险的挑衅,萧安——六蚝村发生的怪事——他的两个同学失踪——他父母失踪——这必然是一整件事的几个环节。"他挑起眉头,"沈小梦!"

沈小梦立正敬礼:"到!"

"你能弄清这些环节吗?"关崎带着"鼓励"的微笑看着他。

沈小梦一头都是冷汗,鼓起勇气大声回答:"能!"

"很好。"关崎说,"给我泡杯咖啡来。"

"报告长官……"沈小梦说,"还有两份笔录的内容我还没有报告。"

关崎没什么心情地看着眼前的白开水:"先去泡杯咖啡来。"

沈小梦匆匆忙忙地泡了咖啡,"警长,"他说,"我对前几天六蚝村海滩发生的恶性事件进行了回访,在这个事件里有两名学生失踪,性质非常严重。但是当事人的陈述很离奇。"他匆匆忙忙喝了口开水,"根据当事人萧安、陈奇和苏珊的说法,是沙滩上生长着一种奇怪的生物,那种生物攻击了去露营的几个学生,并用超高温的白光将郑卿和马月两名学生汽化,杀害了他们。"

关崎皱起眉头:"怪物?"

"对。当我问到那种怪物既然存在,却又消失到哪里去了的时候,"沈小梦偷看着关崎的脸色,提心吊胆地说,"萧安、陈奇都说，那种怪物被萧安的朋友，一个叫唐研的学生捉住，扔进了海里。"

关崎的眉头皱得要打结："唐研？你有做唐研的笔录吗？他本人是怎么说的？"

"我做不到唐研的笔录。"沈小梦沮丧地说，"他病了。"

关崎的背脊挺了起来，目光沉了下去："几个孩子编了一个不知所谓的故事，故事的关键人物还病了，真是荒唐透顶！"

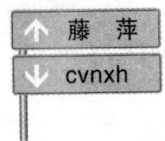
藤 萍
cvnxh

"警长，那您打算怎么处理？"沈小梦试探性问道。

关崎拿起手中的咖啡抿了一口，将手中的三份笔录往桌上一扔："明天我亲自去一趟六蚝村。"

"是，警长，我马上去准备。"沈小梦一个立正敬礼。

"哦！对了，不要打草惊蛇。"关崎嘱咐道，揉了揉太阳穴。

六蚝村是本市一个紧挨着大海的村庄，村中人口并不是很多，但大家倒也安居乐业，可是最近听说村子里出现了许多奇怪异常的事，所有人都不敢下海捕鱼了。作为樱杏警署的王牌警官——关崎，当然不能坐视不管，所以带着沈小梦一起来还村民真相。

中午，他们来到村子里。挑一家饭店选了个偏僻的角落，两个人失望没有吃到六蚝村的特色海鲜，就随便吃了点儿东西，正欲离开，沈小梦用胳膊肘撞了一下关崎："警长，那个就是萧安。"指向不远处一个瘦高的身影，拿着四盒盒饭慌张地跑开了，"哦？"关崎饶有兴致地看着他远去，敲了三下桌子，"沈小梦，我们去唐研家。""警长，不用跟踪萧安吗？""不用，是鱼儿总会落网的。"

唐研家门外。沈小梦上前敲门，"咚咚"，"谁啊？"一道懒洋洋的声音从屋内传来，夹杂着窸窣的脚步声。突然关崎一个箭步上前，一只手拉住沈小梦就往外拖，另一只手捂住沈小梦的嘴，迅速转身跳至房屋后方，依靠着粉墙，这一切都在瞬间完成，可见关崎身手不凡。唐研睡眼惺忪地向外张望："谁啊？没事不要乱敲别人家的门！"又是"轰"的一声关上了屋门，似乎很生气。

沈小梦拉开关崎的手，困惑不解："警长，刚才为什么要把我拉开？"关崎微笑地看着他："以后你会知道的。"晕，还保密啊。

六蚝村码头。沈小梦在此处等关崎，关崎已经迟到十分钟了，沈小梦有点儿干着急，夜已深，孤单的沈小梦玩着手机。

"沈小梦。"关崎突然出现在他身后，把他吓着了。沈小梦马上放下手机。关崎一脸严肃地说："打电话把警署的人叫来吧，就说今晚有大鱼要上钩。"沈小梦更加蒙了："警长，我真没懂，哪里有大鱼上钩啊？"

关崎摸出一支烟点燃，深吸一口后朝天吐出一串烟圈："首先，小梦你要知道这世界上是没有鬼的，所以根本不会有奇异的事。我们去唐研家时，我把你拉开是为了隐藏我们的行踪，刚才我又去敲了一次门，所以迟到了十分钟，他家里并没有人来开门，破门而入依旧没有发现唐研的人影，晚上出去容易加重病情，所以我推断唐研根本没有生病。萧安那天在饭店要了四盒盒饭慌忙走开了，如果我没猜错，应该是送给藏在某处的两位同学以及他的父母。至于晚上唐研最有可能去的地方便是许多人不敢去的地方。"关崎朝沈小梦会意地一笑，"大海码头！"沈小梦猛然一惊，不禁对关崎暗生佩服。

随着警署的人到来，唐研和萧安也在码头落网，一番拷问之后，便知道了事情的真相。原来唐研和萧安干起了走私的行当，每天晚上都来码头卸货，为了不被村民发觉就散布谣言，令村民不敢下海，可是纸是包不住火的,萧安的父母和他的两位同学知道了他们所做的事,满脑子都是钱的萧安和唐研两个人便把四人"软禁"在某处。为了不引起怀疑,还特别编造了一个故事报警,没想到聪明反被聪明误……

不可思议的事件结束了,六蚝村村民安居乐业很久之后又出现了一些奇异的传闻,这次又是谁在挑衅?

> **作者点评:**
>
> 这篇故事以"悬疑灵异"开头,但是以"社会现实"来收尾,看似是一个"乌龙"的悬疑故事,但整篇读下来却觉得意味深长。整个故事衔接得非常紧密,后续作者的写作功底可见一斑。生活中看似不可思议的事件,其实都是人有意为之。世界上最厉害的"鬼"从来都是人的"心鬼"。
>
> ——藤萍

沉默的诺查丹玛斯

文/何慕杂质

从大宅里出来的时候,夜色已经很浓了。

那辆大众途观还停在远处,像只潜伏在黑暗中伺机捕食的怪兽。浩子一言不发地拉开车门,随即,发动机嘈杂的嘶吼打翻夜色。天尚摸了摸鼻子,瞄了我一眼,坐进了车里。我站在原地,回头看了眼已经完全陷入黑暗的大宅,有些犹豫。

"安啦,荣仓,上车,别把那二缺的话当回事。"天尚敲了敲摇下的车窗,"他不过是故弄玄虚,想引起妹子们的注意罢了,你真当他是诺查丹玛斯附身啊?"

我苦笑,无可奈何地坐进了车里。浩子踩下油门,车子开始沿着坑坑洼洼的道路启程。已经记不清是谁提议来参加这个"阴风惨惨怪谈会"了,其实我是不怎么感兴趣的。一群成年人找个传说中闹鬼的大宅,围成一个圆圈,讲各自的恐怖经历,想想都很幼稚。游戏的规则也很简单,每个人带着一根点燃的蜡烛,讲完所谓的亲身体验的惊悚故事之后,吹熄蜡烛。今晚每个人的故事都很无聊,不是听起来就很荒唐的撞鬼经历,就是虚无缥缈的乡村传说。我在草草讲完自己准备的故事后,就有些昏昏欲睡,直到那个瘦弱的男生突然出现状况。

何慕:出版《异域深眠》《逆十字的杀意》等长篇小说,获好评如潮。写作类型宽泛,文风多变,在推理、悬疑、历史、奇幻等方面均有涉猎。

我记得那时所有人的故事都已经讲完了，主持人正准备宣布活动结束，那个瘦弱的男生突然歪倒在了地上，翻着白眼，四肢抽搐，浑身不住地震颤。有人上去扶他，他却以一种奇异的姿势站了起来。

"以诺查丹玛斯之名起誓，天尚、浩子、荣仓，你们三个必将死于非命。"嘶哑艰涩的声音从他的喉咙挤出，让我打了个冷战。

黑暗中有人以为只不过是个恶作剧，大笑着叫道："伟大的预言家，他们死之前，有什么预兆吗？"

"天空将被地狱之火染红，未来之路断裂，三个月亮将出现在他们眼前，天罚降临，无人可以被救赎。"

"得了吧，这些景色怎么可能出现？你要想吓唬他们，也得说点儿靠谱儿的嘛！"黑暗中的那个人很不满意。

"我们为什么会死于非命？"另一边的浩子站起了身，冷冷地问道。

那个瘦弱的男生桀桀地笑了起来："你应该去问梁静，或许她能告诉你……"他的声音戛然而止，犹如被倒空了的沙袋一般，颓然地倒在地上。

浩子走上前去，踢了他一脚，却发现他已经昏睡过去。天尚把浩子拉开，叫上我，在众人注视下，走出了阴冷的大宅。

"我说哥儿几个都别死气沉沉的，我看那小子就是想出出风头。"天尚打了个哈欠。

"他说出了我们三个的网名。"我忍不住道。

"从活动组织者那里，很容易就能搞到这些东西，没什么大惊小怪的。"

"我的意思是，为什么他要针对我们三个？"

天尚愣了一下："说的也是，等明天我找几个兄弟去摸摸今晚那小子的底细，看看他到底什么来路。"

浩子冷笑:"他提到了梁静。"

我沉默了一会儿:"那不是我们的错。"

天尚幽幽地叹了口气:"可梁静确实是因我们而死……你们说,那小子是不是跟梁静有什么关系,故意搞这一出来吓唬我们?"

"可这种匪夷所思的恐吓有什么用呢?他说的那些预兆,根本就不可能出现。"我摇了摇头,"而且,他把自己都暴露了出来,不怕我们找他麻烦?"

天尚挠了挠头,道:"你说的话也有道理,那小子到底是怎么回事?"

车子猛然停住,我的额头撞到了挡风玻璃,隐隐作痛。

"搞什么啊?浩子!"

"看前面。"浩子的声音依旧很冷,却暗含着一丝焦灼。

我抬头看去,远处的天空被映得通红,犹如在燃烧一般。这是……怎么回事?拉开车门,我发现不远处还停着几辆车,这应该是浩子急刹车的原因。

一个身影向我们走来,大声喊道:"回去吧!前面没办法走了!"

"怎么回事?"天尚冲他喊道。

"交通事故!有辆油罐车爆了,满地的汽油都烧起来了,把半边天都给映红了。"

"嚯,这么厉害?"天尚嬉皮笑脸地想要说点儿什么,笑容却凝固在了脸上。我们看到了,走过来的人身上穿了件很有些年头的皮衣,左胸处有个蹩脚的商标很显眼,是三轮并排的新月。转过头,路边的冰冷的路牌上,"未来路"三个大字在惨淡的星光下异常显眼。

一股战栗的寒意顺着脊背爬上额头,浩子毫无生气的声音在耳边响起:"天空将被地狱之火染红,未来之路断裂,三个月亮将出现在他们眼前。是在这里吗……"

何 慕
杂 质

火光映红了天空，映红了我们三个人的脸，却挡不住寒意顺着脊背往上冒。我记得当时我们三个人都被这些征兆吓白了脸，恐惧跟着大火在心里燃烧，可是相比之下，我只觉得哪里不对劲。

"我说哥儿几个，咱是不是该跑路了？"天尚第一个回过神来。

三个人对视一眼，便同时转过头往车里钻。我拉着车门突然看到远处那个身穿三轮新月制服的人钻进了一辆红色桑塔纳，红色车尾灯同时亮起。这次还是浩子开车，捅钥匙，打火，车子没反应。他又试着点着车子，可是不管他怎么使劲儿拧钥匙，车子都是没反应。浩子急了，拼了命地摇方向盘。

"咱真得把命撂这儿了？"天尚硬是从僵硬的五官里挤出一丝苦笑。

浩子不说话，下了车准备打开车子前的引擎盖。就在盖子掀起挡住前挡风玻璃前，我看到浩子身后不远处红色桑塔纳的红色后尾灯熄灭。

"不好！拦住浩子！"我冲天尚喊，说完一脚踹开车门冲了出去，天尚愣了几秒，也没犹豫跟着我冲出来。我们把浩子按在地上，红车见状改了方向，踩足了油门冲出烟雾。

大火在燃烧，我明白时间紧迫。天尚看见我沉着的样子知道我心里有谱儿，不再说话，只管帮我的忙。我们将浩子打晕拖上了车。我上驾驶座，打火，挂挡，踩油门，这次车听话多了。我们一脚油门逃离了现场。

不出所料，车子没驶离几分钟车后就传来爆炸声。后视镜里蘑菇云在火光里升上了天空。

"这个你知道的？"天尚的脸像白纸一样，哆哆嗦嗦地问我。

"我问你，罐车爆炸后第一时间赶到现场的是谁？"

"消防队救护车啊！"

"嗯，刚才现场洒在地上的汽油以及火应该都是爆炸后留下的。按常理，十至十五分钟消防车会赶到。"

"可是现场没有救援车辆，而且十五分钟内没听见任何爆炸声！"天尚恢复了一些理智。

"对，就是说有人提前将罐车布置在那里制造车祸现场，等我们赶到再放一把火，等火烧到罐车，我们就受天罚啦！"

"是谁？浩子一个人？"

"不，还有那个身穿三轮新月制服的人，我们只看他的衣服却没注意到他的脸。不觉得很眼熟？"

"是股东？支持弟弟的股东！"

"没错，我想他是为了利益除掉你。而梁静是因为被我们放鸽子出的意外，那天主要是因为你耽搁的，浩子认为是你害死的她，所以也要除掉你。"

"去！他不知道我是给他挑戒指才迟到的啊？那，那个神神道道的男生是怎么回事？另一个同伙？"

"不，事后他会被警察当作嫌疑人的，所以他什么也不知道，只是被利用了。股东给他下了药，然后用细线吊起来，躲在他身后说话，天太黑是看不到白色的线和嘴巴动没动的。然后浩子为他争取两分钟到达现场，再由浩子带我们来。"

"好在没人受伤，这点儿损失公司也可以承受。接下来怎么办？"

我打了个哈欠:"回家睡觉!"

我记得天尚听完惊得嘴都合不上,我们带浩子回了家。第二天我们带他去看了重症监护室里的梁静,由于抢救及时,开出病危单的梁静三天后硬生生地挺了过来,这个浩子是不知道的。天尚打电话告诉他弟弟发生的一切,警察带走了正在庆祝的股东,他还以为我们都被烧死在了现场。浩子只是帮凶,由于认罪态度好又没有伤害到谁,只被刑拘了几天。

两个月后,在酒店婚礼现场,浩子把天尚亲手选的戒指戴在轮椅上梁静的手上。

> **作者点评:**
>
> 续写的故事基本延续了前文的风格,在起承转合方面比较到位。对于前面挖下的坑,给了一个合理的解释,并进一步地展开了剧情,并且给了一个结局。作者的文笔精练干净,情节构思紧凑,总体来说还是不错的。只不过个别承接部分有些生硬,没有解释清楚,前后有些矛盾。不过瑕不掩瑜,如果多加练笔,日后可以尝试下原创作品。
>
> ——何慕

游戏鬼屋 NPC 的忧郁

文/冷亦蓝 曼 宏

墙壁上的鲜血一路蔓延到白色的地砖上，冰冷的器械闪着寒光，阴暗的手术室中，只有惨白的无影灯亮着，这点儿光芒投射在手术台上，台上的病患腹腔大开，露出森然可怖的内脏。

仔细看去，那位病患悬在手术台外的脚有节奏地抖动，一声无聊的叹息之后，她忽然坐起来做吓人状，假腹腔里的硅胶内脏稀里哗啦地淌出来，她听见监控器里师兄的声音：

"萌萌，别闹，塞回去，塞回去，一会儿有游客来呢！"

邱萌熟练地把硅胶脏器塞回去，百无聊赖地躺在手术台上，看着头顶的无影灯，听见隔壁的尖叫声此起彼伏，有点儿想笑。

邱萌是这家鬼屋众多NPC（非玩家控制角色）中的一员，也就是在鬼屋里专门吓人的工作人员。她的手术室在鬼屋的第三层，很少有人能走到这里，所以工作还算比较轻松。在走廊里装僵尸的琪琪羡慕死了邱萌的工作："你只要躺着就能领薪水！哪像我啊，走来走去头发遮着眼睛看不清路，不但要提防着别撞墙，还得防分分钟被壮汉殴打，再这样下去我真要辞职了！"

确实，比起在走廊乱晃围追堵截游客的琪琪来，邱萌的工作简单至极，因为一般人推开手术室的门，只要看一眼——有时候她根本来

冷亦蓝：青春虐心小说作家，2009年出道，代表作有《皇子嫁我》《孤单走样》等。

不及坐起来,对方就已经尖叫着夺路而逃了,一步都不会踏入,所以基本上没有挨打的危险。

说起来,邱萌在这座鬼屋工作也有一年多了。

这座鬼屋原本是位置比较偏僻的废弃烂尾楼,前年被改造成鬼屋,鬼屋外形是三层的医院,投资方也挺下血本,道具、装修都跟医院一个样,候诊室、血库、检查室、手术室、停尸房等要素一应俱全,灯光声效极尽吓人之能事。

邱萌被学校师兄介绍来这里实习,本以为大公司待遇优厚,谁想到工作地点太惊悚,即便她一贯胆大也有点儿犯怵,刚开始工作的时候略有压力,工作一周之后她彻底适应,甚至她还会被游客们夸张的反应逗笑儿,师兄常常因为笑场这事儿批评她,说她不知道是胆大呢,还是心大。

她这没心没肺的技能也是被逼的。

邱萌三岁的时候父母离异,烫手山芋一般被父母推来推去,谁都不想要她,最后只能跟姥姥一起生活。姥姥是位性格开朗的老太太,说话幽默风趣,邱萌心情不好的时候姥姥就讲笑话逗她,姥姥总跟她说:"萌萌,这世上有什么不能一笑了之的事情呢?"

就连高中的时候被暗恋对象在众目睽睽之下泼了一身墨汁,她也没有哭,而是在对那位高大英俊、曾经被她视为男神的家伙的膝盖上狠狠地踢了一脚,笑吟吟地说道:"嫉妒我比你白是不是?是不是?"

踢完她就跑了,躲在厕所里哭了一节课。

所有看似没心没肺无坚不摧的女金刚背后都有一段不忍卒读的血泪史,从那以后,她彻底成了跟姥姥一样的开心果,高考录取通知书下来之后,她笑嘻嘻地硬是从已各自组建家庭的亲生父母那里把学费抠了出来。

不给我爱,就给我钱。这是她找父母谈判的中心思想。

一边念书一边打工赚钱,邱萌实在是个能吃苦的人,大学四年不但没跟姥姥伸手要过生活费,反倒用余下的钱给姥姥买了好多东西。这份工作也是因为待遇好她才来的,姥姥最近关节炎犯了,洗不了衣服,她准备用工资给姥姥买一台进口滚筒洗衣机。

今天就是发薪水的日子,她只差一千块就攒够买洗衣机的钱了,想一想还有点儿小激动呢。

"萌萌,客人快到门口了,准备好。"师兄在监控器中指挥她,她忙准备就绪。

看我不把你吓得屁滚尿流!

门被轻轻地推开了,时间好像凝滞了一般。

邱萌在手术台上坐起身,看到来人的那一刻,她惊讶地瞪大了眼睛,泪水瞬间决堤,她紧紧地捂住了嘴,但还是没能抑制住那声惊呼。

"啊——"

手术室的灯瞬间熄灭,监控器里传来师兄焦急的问询:

"萌萌!你怎么了?萌萌,快回答!"

漆黑之中,一片寂静。

泪水无声地砸落在地上,溅起小小的水花。

"喂,白痴。你肠子都流出来了,话说我三十块钱花得真不值,你一点儿都没吓到我。"来人声音低沉,却略带一点儿痞气。

"林北秋!你浑蛋!"邱萌用尽全身的力气喊出这句话,随后猛地扑入了那个人的怀里。

能喊邱萌白痴的，全天下也只有林北秋一个人。而这个人，注定是她一辈子的羁绊。

高中的时候，邱萌被暗恋对象在众目睽睽之下泼了一身墨汁。她狠狠地踢了那家伙一脚，随后跑进厕所哭了一节课。在她哭的时候，有个人给她递了一条干净的毛巾，上面散发着清新的柠檬香味。邱萌抬头，发现是一个留着刘海儿，笑容如阳光般和煦的男生。男生笑着用毛巾帮她把脸上的墨汁擦了擦，然后说道："白痴。作为一个女生，绝不能让男人把你弄得如此狼狈。"

邱萌呆呆的，似懂非懂地点了点头。在这个男生的笑容下，仿佛一切都被三月的阳光融化。她只说了一句话："同学，这里是女厕所。"

"Shit（恶心的人）！"男生的脸瞬间变了色。

邱萌就是这样认识林北秋的。后来林北秋自己说，他认识邱萌的方式还真是别开生面。

手术室里，只能听见邱萌轻轻的啜泣声："你个浑蛋！你真的是要等到我头发白了才肯回来吗？"

"萌萌，对不起。我回来晚了。"

林北秋当年高考落榜，他爸爸在美国给他找了一所大学。林北秋走的时候，他狠狠地拉住邱萌，在她的肩膀上使劲儿咬了一口，说道："三年。给我三年，学成归来，我就娶你。"

邱萌为着这个承诺，却一等就是六年。

"啪！"手术室里的灯亮了，林北秋抱着满脸泪痕仍在不断啜泣的邱萌对急匆匆赶来的邱萌师兄说："我跟她是老相识。现在我得跟她好好谈一些事情，她耽误的工作算在我头上吧，麻烦你了。"说罢，扔下几张百元大钞，大摇大摆地抱着邱萌走了出去。

咖啡馆里，暖黄色的灯光如温柔的瀑布般倾泻而下，打在林北秋的刘海儿上，折射出氤氲的雾气。

"萌萌，这次我回来，主要是因为一件事情。"林北秋用手指在他那杯炭烧咖啡的杯口不断摩挲，"我想邀请你参加我的婚礼。"

这个世界似乎都开始旋转起来。眼前的真是林北秋吗？为何我只看到他模糊的脸？是我流泪了吗？原来如此，我六年如一日的等待等来的就是这个结果。这感觉，还真是，心碎啊。

"请你务必要来，后天，我会去你家接你。"说完，林北秋转身离去。

在家里的卫生间里，邱萌看着镜子里的自己，不断地对自己说道："邱萌啊邱萌，你还真傻啊。傻傻地等了六年，等来的是他要结婚的消息。"说着说着眼泪又掉了下来。邱萌还是决定去参加林北秋的婚礼，因为六年前有个人对她说过一句话："白痴。作为一个女生，绝不能让男人把你弄得如此狼狈。"

第三天，林北秋如约而至。黑色轿车直接开到了邱萌的楼下。邱萌坐进车里，林北秋为她关上了车门。

车在公路上飞驰，林北秋脸上的表情一如既往的淡然。突然，右侧的逆行车道里出现了一辆大货车，大货车竟然右转！而且不断逼近林北秋的车。来不及了！左转会撞飞护栏，护栏下是翻滚的江水。林北秋看了看副驾驶座上的邱萌，邱萌一脸惊恐。他一咬牙，猛地右打方向盘。

"轰！"巨大的撞击声中，大货车直接拦腰撞上了林北秋，邱萌被巨大的冲击力直接震得昏迷过去，模糊中她恍惚听到了林北秋说的最后一句话："白……白痴，这……这次真的得说再见了。"

无边的大雨铺天盖地而来，律师在林北秋的墓前向众人宣读林北秋的遗嘱："根据林北秋先生在六年前留下的这份遗嘱，他将在他死后将所有财产的二分之一转移到他未婚妻邱萌小姐的名下……"

原来，这一切都是他的安排。结婚，是他为她精心准备的惊喜。

雨水混着邱萌的泪水，打在林北秋的墓碑上。

从此以后，人们都说，新开的那家鬼屋的手术室太恐怖了。如果你去了，你会发现，演技于邱萌的确多余。

> **作者点评：**
>
> 作者功底不错，一边欢萌一边虐，可见文笔了得，在续写中表达了女孩子"绝不能让男人把你弄得如此狼狈"的中心思想，主题基调充满正能量。有些美中不足的是续写中除了女主之外，我给的所有人物和其关系都没有再继续展开，比如抛弃她的父母，比如那个羞辱过她的男生……其实女主完全可以有个好的结局，只是篇幅所限，无法承载太多反转，所以就必须有个悲剧来达到这个目的，突如其来的车祸结局让一对有情人阴阳两隔，有点儿可惜。
>
> ——冷亦蓝

黑暗里的游戏

文 / 岑 桑 韩智超

高三前的暑假,靳冰、黎悦、郑珊和苏真,四个死党一起去圆木湖野营。

圆木湖是个很古老的地方,四周环绕着大片原始森林。一到假期,就有许多人来这里野营。

在圆木湖的最后一天,四个人去森林探险。其实,所谓"探险",就是到营地周围的森林里转一转。然而,黎悦这个天生的"好奇宝宝"竟然在山崖下发现了一个山洞。那个山洞不大,近似方形。

黎悦拿出手机,"啪啪啪"拍过各种剪刀手和包子嘴之后,说:"哇,这里太适合招魂了,咱们晚上来玩吧。"

"谁和你玩那么无聊的游戏。"靳冰不屑地说。作为全校著名的学霸,闹鬼这种不科学的事,她觉得十分无聊。

"你怕啊?"黎悦挑了挑漂亮的眉毛说,"你不是不相信有鬼吗?还有什么好怕的。"

郑珊这个女汉子早想"见鬼"了,她说:"真能见到鬼吗?我来。"

苏真站在洞口尖叫说:"你别疯了。我可不干!"

岑桑:辽宁省作协会员,文字清丽,风格多变。代表作有《蓝桉跑过少年时》(1、2)、《钱宝珠嫁人记》等。

黎悦坏坏地说:"那你一个人留在营地也行。"

"我不!"

洞里三个人都嘻嘻地笑起来。

很快天就黑下来了。黎悦给大家讲"招魂"规则。这是个古怪的游戏。四个人站在山洞的墙角,轮流走到下一个人的背后,拍肩膀,路过空下的位置,咳嗽。

黎悦严肃地说:"我再说一遍啊。一定要记住,当你听不到咳嗽声的时候,就说明已经有鬼补上咱们的空位了。所以呢……绝不能停下来,直到一切恢复正常。"

苏真听了,紧张得声音都有些发抖。她说:"别吓人。我不想玩了。"可是她的肩膀被重重地拍了一下。她吓得"哇"的一声叫出来。

"嘘——"黎悦压低了声音说,"来不及了!已经开始了。"

苏真只好深吸了口气,小心翼翼地向前走去。山洞的入口很小,只能透进微弱的月光。暗淡的光线里,依稀可以看见四个人黑色的轮廓。苏真摸索着拍了靳冰的肩。

说实话,靳冰觉得这真是个发傻的游戏,放着暖暖的睡袋不睡,四个人却在漆黑的山洞里绕圈。可是,走到第五圈的时候,郑珊咳嗽了一声,却忽然发出"咦"的一声,接着又咳了一次,直接拍到了苏真。

排在黎悦之后的苏真一下愣住了,她警惕地转过头说:"你是郑珊?那……黎悦呢?"

郑珊没有答话,只是用力地推苏真继续向前。可是,原本就精神紧张的苏真害怕极了。她无法再忍受黑暗中的恐惧,心慌地掏出了点篝火用的打火机。

"别打!"郑珊大声地阻止,但已经晚了。细弱的火苗从苏真的手中升腾起来,像一条摇曳的小蛇,明明暗暗地照亮山洞。

三个人霎时都惊呆了。

黎悦竟然不见了!

山洞只有一个入口,任何人想要偷偷离开,都会被看到。但刚才还和她们拍肩膀的黎悦,却消失得无影无踪。

郑珊气呼呼地打落苏真手中的打火机,说:"刚才的规则你都不记得了吗?不能停下来,直到恢复正常。"

靳冰觉得郑珊有些小题大做了。她从不信鬼怪。所谓的"神秘消失",她更相信是黎悦自编自导的又一出恶作剧。可苏真不这样想。她更加害怕,浓重的呼吸带着哭腔。她战战兢兢地走到靳冰的身后,小心地拍了她的肩膀。

于是靳冰向前走去,她在第一个转角咳了一声,接着在第二个转角又咳了一声。她想,再走一圈黎悦应该就会蹿出来吓人了,要随时做好防吓准备。但是,就在第三个转角,应该拍到郑珊的地方,靳冰却忽然拍了个空。一瞬间,靳冰觉得自己的血液都凝固了,伸出的手向周围摸索着,可是除了墙壁就是空气。

"出什么事了?"苏真小声问道。

靳冰摸了许久,才艰难地咳了一声算是回答……

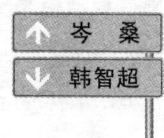

靳冰强迫自己镇定,试着告诉自己,这一切都是她们串通好的,可心脏已不听使唤地"怦怦"乱跳起来。靳冰向苏真的方向走去,还好,苏真还在,她轻拍了一下她的肩膀。苏真知道郑珊也不见了,心神俱颤。靳冰安抚性地握了握她的手,示意她继续走。

苏真努力使自己不叫出声来，双腿机械地向前挪动，泪水随着颤抖的肩无声地滑落。看见第一个拐角，她努力咳了一声："咳。"

靳冰自嘲地想，自己竟真有被吓着的一天，等下她俩跳出来吓人时，定要好好嘲笑她们一番。

"咳。"

……

四周突然静寂下来。

靳冰觉得心脏漏跳了一拍。苏真只咳了两声！难道她也？靳冰不敢再往下想。苏真的性格她了解，她不可能和郑珊她们一起搞恶作剧，难道她们真的都失踪了吗？

"苏真？"靳冰听见自己发颤的声音响起，"如果你也和她们一起闹，那就太过分了啊！"

无人应答。

此刻靳冰有两个选择，结束游戏，逃离这里；或是继续游戏，直到一切水落石出。她看向近在咫尺的洞口，咬牙迈向下一个拐角："咳。"其实她完全可以出去，可是这个游戏……

她还未来得及细想，突觉后颈一痛，便晕了过去。

靳冰是被冻醒的。醒来后发现她们四个人都在一个溶洞里，但她们均被绳子绑住了手脚。黎悦看靳冰醒了，松一口气："醒了就好，我还以为她下手太重把你打成植物人了。"苏真缩在靳冰怀里："呜……我要回家！"靳冰却抓住黎悦话里的一个点不放："'她'？'她'是谁？"郑珊冷哼一声："是方兰，她绑架了我们！"

"方兰？"靳冰惊疑。方兰是高二才转来的特困生，学习很好，可就是太土气了，与班里的女生几乎无话题可言，平时独来独往，被排斥在集体之外。靳冰思索着，一抬头却看见方兰面无表情地走进来："你终于醒了？"方兰看看靳冰，又看向众人，嘴角噙着一抹怜悯的笑:"你们真不走运,误打误撞地找到我这么隐蔽的交货地点……"

"交货?"

"看在你们算是我同学的分上,不妨告诉你们,我已加入贩毒组织,昨晚,正好是我交货的时间。"

"啊?"黎悦耐不住性子,"贩毒是犯法的!你怎么能……"

"因为我需要钱!"方兰打断,"每天独来独往,你们不知道我有多孤单!我去买你们所追求的'时尚'的东西,不得不借钱,可越欠越多……债主说,有一个来钱快的道儿……"方兰眼眶微红,"他们并未告诉我那是什么货,等我跟着取了一次货之后,他们告诉我……"方兰微哽,"那是毒品……""可我已经上了贼船,就只能为他们卖命,骑虎难下了……"

众人脸色各异,有同情、有不屑、有震惊。靳冰却警觉:"你告诉我们这么多,你……"

"对啊,你们活不长了。"方兰冷笑,"我们来玩最后一个游戏吧……"

众人眼睁睁地看着方兰离去,苏真第一个撑不住,哭了起来。靳冰无暇安慰,回想着方兰所说的那番话。原来,之前的山洞有一个视觉死角,那有道仅容一人通过的缝隙通向这个目前还无人知晓的溶洞群。溶洞群曲折环绕,极易迷路。方兰说她要把那缝隙封死,而这个游戏是……"大概就是你们曾说的'密室逃脱'吧,不过,是无希望版!呵呵……"

"可……"靳冰思索着方兰最后那个举动。

刚才,方兰说完那番话后,突然掐住靳冰的肩膀,道:"你不要以为会有其他出口!想都不要想!"

然后她清楚地感觉到方兰在她肩上画了个箭头!

靳冰突然有个大胆的猜测。"苏真，你的打火机还在吗？"靳冰望向情绪刚稳定下来的苏真。

苏真艰难地蹭了蹭口袋："还在。你不会要……"

靳冰看向她手上的绳子，无声地笑了。

靳冰活动着刚恢复自由的手脚，对手上的烧伤不以为意。她迫不及待地向箭头所指的方向走去，来到另一个洞中，意外发现角落里有一堆树枝和干草，上面铺着一块旧毛毯，旁边甚至还放着半瓶水，看起来像是方兰临时睡觉的地方。

可是，出口呢？难道她感觉错了？

靳冰很是失望，可还是敛住心神，把树枝和水带了回去。方兰能给她们留下这些东西，就已经很好了。

众人看着靳冰用树枝燃起一小堆火，感觉暖和了些。这个溶洞温度很低。

"所以你是说，这些是方兰留给我们的？"郑珊问。靳冰点头。众人猜测着方兰的想法，可没过一会儿其他三人就因疲惫而睡去。靳冰睡不着，她看着火焰，突然发觉这烟有些不对。这烟的方向是倾斜的！

大气压强？

她猛地站起，拿起一根一头被烧成黑炭的树枝，便朝烟倾斜的方向走去。或许真有出口，她想着。

靳冰一边沿途做记号，一边观察四周，终于到了再也闻不到烟味的地方，一个陌生的洞。靳冰失望。突然，她听见一阵细微的流水声。她强压激动，循声而去，一片流水出现了。

有水！靳冰奔过去吞了一口，即刻便皱眉吐出。太咸不能喝啊！靳冰叹气。 怎料一抬头，靳冰看见了梦寐以求的光线，是水流的出口！靳冰兴奋，折返回去寻找众人。

当四个人都站在洞外,清晨的阳光洒在她们身上,她们只觉恍若隔世。

两周后,四个人协助警方抓获了方兰及贩毒团伙。

靳冰想去看看方兰。在少管所的探视间里,方兰带着温和的笑容看着靳冰:"他们并不信任我,当时,我身上有监听器,他们发现了你们,对我下了灭口的命令,我只好那样说。幸好你明白了我的暗示。所以,法院只定了我贩毒的罪。"

靳冰看着心灵解脱的方兰:"我会常来看你。"

"好!谢谢!"两双手紧紧交握。

> **作者点评:**
>
> 韩智超的续文自然流畅。尽管推理的意味稍显薄弱,但情节起伏好看。前文提到的打火机,在续文中成了托生的工具,合理顺接,十分精彩。其实,对于悬疑故事来说,要把超自然现象写回到合情合理的现实中最不容易。续文给出了一个恰如其分的解释,实属不易。至于续文中的不足,主要来自于情节与主角身份的差异太大。作为高二特困生,特别是女生,走上了贩毒绑架之路,有点儿过于出位了。因此,在我的续文中,借用了方兰的身份,重新设定了故事。这也算是体现了续写的游戏之意吧。
>
> ——冬森

梦回老宅

金边眼镜

文 / 紫龙晴川　长夜未央

寂静的夜里，响起了一阵清晰的咔吱声，那是开锁的声音。

"谁？"我一下被惊醒，忙一骨碌从床上爬起来，蹑手蹑脚地来到门后。

门缓缓地打开了，一个黑乎乎的人影出现在门口。他穿着一件长长的黑色风衣，把瘦小的身体严严实实地裹了起来，看不到腿，戴着一顶黑色的帽子，看不到脸。

他呆呆地走了进来，看着他走路的姿势，一个名字跃入脑海：子良。

子良是我的同学，也是很好的哥们儿。为了不受打扰地准备高考，我们一起在校外租了房子，可他在一周前突然失踪了，音信皆无。

看到熟悉的身影，我心里一喜，冲着他大喊："子良！"

他好像没有听到，依然呆呆地走着，来到桌子前，把眼镜摘下来，放在了桌子上，径直走进了卫生间。

那是一副金边眼镜，还是我跟他一起配的。

卫生间的门关上了，里面传出哗哗的流水声。

紫龙晴川：悬疑、科幻、少儿作家，编剧。已出版长篇小说《时空魔环》《幽灵水母》《龙皇战神》等。

我愣在了外面。

流水声持续了一个小时，还没有停止的迹象。

我有点儿纳闷儿了，子良到底是在洗手，还是洗澡？不会出什么事了吧？我推开了卫生间的门，呆住了。

子良正呆呆地在莲花喷头下站着，身体仿佛是用泥做的，被水这么一冲，都散了架，我一声惊叫，挣扎着想要逃开，却发现身后已经没有了退路……

醒了，原来是一场噩梦。

开了灯，鼓起勇气走进卫生间，里面一切正常。

长长地吐了一口气，正要重新睡下，我的目光落在了门后的桌子上，上面赫然放着一副眼镜，金边眼镜，那是子良的眼镜！

子良回来了！

心一下怦怦地跳起来，我浑身冰冷，像一下子跌入了冰窟。

时光在煎熬中一点点地过去，天终于亮了。

该上学了，我拖着几乎虚脱的身体，简单地收拾了一下，准备出门时才想起自己的眼镜昨晚回来时摔破了，说起来，我和子良也真是有缘，连近视的度数都一样，何不先借他的眼镜一用呢？我没有多想，就把眼镜架在了鼻子上。

从这里到学校大约二十分钟的路程，我每天都是步行过去。

中途要穿过一段狭窄的小道，这条一米多宽的小道两边是四层的民房，从下往上看，两幢房子几乎连在了一起，这条"暗无天日"的小路大约有一百米，是一条捷径，如果不从这里经过，得绕差不多一公里的远路。

这是我每天上学的必经之路。

当正要走进这条"狭谷"时，头上"嗡"的一声，一股液体正顺着镜片缓缓流淌。

我摘下眼镜，准备擦拭，赫然发现镜片上的不是水，而是血。天哪，我流血了吗？我连忙摸摸额头，没有，连个包都没有，这是怎么回事？

"哐！"一声巨响打断了我的思绪。我吓了一跳，原来是一个花盆从阳台上坠落了下来，如果刚才径直走过去，那一定不偏不倚地砸在我的头上，我不由得想到了刚才那可怕的一幕，仿佛是灾难的预演。

我也不敢走这条路了，擦干眼镜后，老老实实地走了大道。说来也怪，眼镜再也没有流过血，我一直平安地走到了学校。

到学校门口时，突然有一辆宝马直冲过来，径直撞在了我的腰上，整个人当即飞出去三米远。腰部一阵阵不真实的痛，仿佛身体被撞成了两半。我只觉得身体轻飘飘的，竟然真的飞起来了，仿佛是灵魂脱离了身体。但当我看到地上的人时呆住了——那根本不是我，而是血肉模糊的子良！

摘下眼镜，我依然完好地站在校门口，只是腰部还隐隐作痛。天哪，这到底是怎么回事？子良现在到底在哪里？

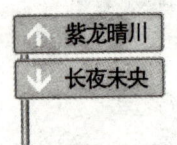

我想，从昨天晚上那个梦开始，发生的一切都太邪门儿了。一定和这副金边眼镜脱不了干系。想到这儿，我立刻抬脚，向配眼镜的那家眼镜店走去。

很快，我就走到了眼镜店门口，这家眼镜店说来也奇怪，外面也不挂招牌。

当初和子良怎么找到的这家店，我也记不清了。

"简直就像个黑店。"我自言自语。一进店门,老板抬起头,带着笑意问:"来配眼镜啊,同学?"

我走到柜台前,对老板说:"老板,你还记得我吗?前两天来配过眼镜的。"

老板一脸似笑非笑的表情:"你的眼镜呢?"

"就在……"说着我下意识地抚上眼睛,却没有触摸到金属边框,像落空了似的,手指落到温热的眼眶上,我难以置信地喊出了声,"我的眼镜呢?"

"你怎么了?我们到这来不就是配眼镜的嘛!"

是子良的声音!

我转过头,看到子良穿着平日的校服,一脸狐疑地看着我。

我脑海中一片混乱,眼睁睁看着子良走到柜台前,只好跟过去。老板笑眯眯地道:"想配什么款式的啊?"我低头,看到玻璃柜里密密麻麻摆满了眼镜,全是一模一样的金色边框。哪有什么样式好区分!

子良却答非所问地对店主说:"我们是高三理科生。"

老板点点头,打开玻璃柜,在里面随意拿出两副眼镜,也不让我们测视力,只对我们说:"你们等一会儿,我去录入信息。"

记忆在我脑海里亮起一道白光:我想起来了!这家眼镜店,不是普通的眼镜店。因为他家售出的根本不是普通的眼镜,而是可以载入学习资料的眼镜。

考试时,只要你启动眼镜的扫描功能,它就能为你提供答案。

而购买眼镜的代价,不是金钱,而是你的一段记忆。这家店是子良在校内网通过一个不起眼的小广告发现的。第二天告诉我的时候却怎么也找不到了,我认为他在跟我恶作剧,想考高分想疯了。

为了证实他所言非虚,我们来到这家店。

"配好了，走吧！"

子良的笑撞进我的眼睛里，我愣愣地看着他，他把其中一副眼镜打开，架到我的鼻梁上，自己却没有戴。他的笑容背后似乎隐藏了什么就要呼之欲出的东西。

"等等，"我叫住他，"你为什么不戴上眼镜？"

子良缓缓回过头，我恨恨地说："你到底让老板截走了我的哪段记忆？"子良露出诡异的笑容："这副眼镜时刻发出的强烈电波会严重伤害人的大脑，如果长时间佩戴会让人失忆、致幻甚至致死。我就是，让你忘记这一点，好让你永远地把它戴在眼睛上……"

突然，周围的墙壁开始猛烈地摇晃，子良的身体竟然在强烈的震荡中分崩离析……

再次睁开眼睛，浓烈的消毒水气味占据了我的嗅觉。

又是梦！

我想起，我已经住院一周了。刚好在一周前，子良参加模拟考试时，因为忘记关掉金边眼镜的开关而导致检测仪发出信号，被老师察觉，全校通报批评，并且没收了他的眼镜，子良索要未果，气愤离校，目前仍不知去向。

金边眼镜的交易条件是用你记忆的一部分，来激活它。而老板让我和子良选择互相删除对方的记忆，并且不能告诉对方，如果记忆信息泄露，眼镜将会自行删除另一段记忆。

而我删掉的子良的记忆，就是他会永远忘记关闭眼镜的开关，我的目的，就是让他的眼镜在考试时根本派不上用场。

原来我们都这样自私地想要独占眼镜的秘密。

可让我隐隐担心的是，我既然找回了当初被子良删除的记忆，必然会失去另一段。那么现在的我，又忘记了什么？

> **作者点评：**
>
> 　　眼镜不是普通的眼镜，而是作弊神器；购买眼镜使用的不是普通的钱，而是一段记忆；好朋友并不是用来依靠的，而是用来利用的。故事很有新意，作者在一千多字的篇幅里，连续制造悬念和转折，也让故事显得张力十足。文末留下疑问，巧妙地制造了一个开放性的结尾，给读者遐想的空间，让人回味。
>
> 　　只是续写部分与原作的联系有点儿生硬，没有从原文的疑点切入，这不像是原文的续写，更像是重新创作的一篇短文。但总的来说，还是篇很不错的续写。
>
> ——紫龙晴川

绝唱

文/连谏 小图

她缓缓地睁开眼睛，望着周遭的世界，四周很静，只有一双弯弯的眼睛，伏在她脸的上方，旋即，她听到她喊："她醒了，万歌醒了。"

然后，有匆匆而凌乱的脚步声，从远处聚拢而来，一群白衣人围过来，诸多双眼睛盯着她看来看去，一只戴了薄手套的手，轻轻在她眼前晃了晃："万歌，感觉怎么样？"

她才恍然地想："我叫万歌啊。"

然后，她知道自己确实叫万歌，三天前被房东发现在租住的房子里自杀，那会儿，她华衣锦衫地躺在床上，面目安详如婴，桌上呈睡眠状态的电脑屏幕上，有几句话："我终于可以放下，我终于可以解脱，像轻盈的云朵，不再留恋……万歌。"

房东不想有租客死在他的房子里，否则，这套临海的房子，就成了凶宅，再也休想租出去了，于是，又怒又急的他，不得不收声敛息地将她送到医院抢救，甚至还自认倒霉地替她垫付了抢救费。

医生告诉她，她昏迷了整整三天，三天是个什么概念？她不知道，后来，房东来过，一个面目平庸、略显肥胖的中年男人，脸上带

连谏：都市情感类作家，自称码字匠人或一只刻薄的老地瓜，发表各类文字二百多万字。

着庆幸，凑过来：姑娘，你想死，我拦不住你，可你怎么能在我的房子里死，你这不是坑我吗？

万歌茫然地看着他，是的，她不记得这张脸，不记得任何人任何事，她只知道自己躺在一片白茫茫的房间里，躲过了与死神的一次遭遇。

一旁的护士小声说："因为吃了大量安眠药，抢救时机延误，她的大脑受到损害，不记得任何人任何事了。"

房东端着一副无辜的受害者嘴脸，竭力压制着愤怒，看着万歌："我给你垫了医疗费。"

万歌点点头："谢谢，我会还给你。"

房东不屑地瞅了她一眼："如果早知道现在要说谢谢我，当初你吃哪门子安眠药？还在我的房子里吃，亏你也想得出，要是你死了，我浑身上下都是嘴也说不清楚。"

万歌惭愧地笑了一下，红了脸，房东在病房里踱了几步，一转头，像终于逃掉了一场劫难似的，匆匆走了。

当天晚上，他拖着几只行李箱折回来，放在病房的角落里："你在我那儿还有五千块钱的房租和一千块钱的押金，我给你垫了八千块钱的医疗费，算我自认倒霉，那两千，我不要了，你出院以后，也不要回我的房子住了，该去哪儿就去哪儿吧。"

灯光惨淡，万歌虚弱地笑笑："我会还给你的。"

房东用力看了她一眼，什么也没说，转身走掉了。

那个晚上，万歌打开了每一只行李箱，除了衣服，就是几本书，她的背包里，有一只淡绿的钱包，里面塞着一沓粉色的纸，再也没有什么了。

她拿着它，拼命地想啊想啊想啊，像在茫茫无垠的大海中打捞一根失踪的针一样，试图把记忆打捞出来，可是，她最终还是崩溃无望地流了泪。

从护士们断断续续的聊天儿中,万歌知道自己身在青岛,护士说,房东送她来的时候,说她租房子时用的名字叫万歌,其他的,就不知道了。不过,她应该不是本地人。护士告诉她,那些粉红色的纸是钞票,一共五千元,护士边告诉她这些边感叹房东其实是个挺不错的人,换作别人,这些钞票不会这么安然地待在她的钱包里,何况他给她垫付了八千元的医疗费。

至于她是什么人,为什么要跑到青岛,又是因为什么选择自杀,她不知道,也没人能告诉她。

万歌还有一周就要出院了,倒不是她康复到了可以出院的地步,而是,她的医疗费再有一周就用完了。

她不知道自己将去向哪儿,也不知道离开医院这张一米宽的小床之后,她的归宿到底在哪儿。

她每天躺在床上,看着太阳从窗子的东侧走到西侧,寂寞的空间白了又黑、黑了又白,她就像一个被扔到陌生星球的孩子,无助地漂泊在这个世界上,与这个世界有着语言不通般的隔膜,并渐渐生出了疏离。

阳光很好的中午,她坐在医院的藤廊架下,望着医院铁艺栅栏墙外的熙熙攘攘,像个茫然的孩子,因为失去了对这个世界的印象,目光干净得有些清澈,像静幽的秋湖。

看腻了街上的人来人往,她去看树,看在树上啾啾鸣叫的小鸟,看一朵羸弱的、开在藤廊架下的小花,看着看着,她就缓缓地笑了。

再后来,她发现医院的栅栏墙外,有个英俊的男子,也在和她一同看那朵小花,他的目光时而锋利时而舒缓柔和,也露出一丝笑意,将一支烟叼在嘴角上,看上去有点儿天真,有点儿霸道的邪气。

有时,万歌的目光会在空气中和他遭遇,当目光相遇的刹那,两个人的脸上都挂着略显尴尬的笑，而后，迟缓地笑了。

当笑容荡漾在空气中的刹那，无端地，万歌就觉得有数朵旖旎而透明的小花，在空气中飘浮。

万歌每天都会看见他，有时，他倚着栅栏，百无聊赖地抽烟，有时，他静静地看着万歌，像看一朵花开的刹那，专注而凝神。

后来，他们就说话了。

万歌说："你为什么每天都待在这儿？"

他笑："我喜欢待在这儿。"

万歌："你不需要工作吗？我听说所有的人都需要工作才能活下去。"

他怔怔地看了万歌一会儿："听说，你听说……"突然，就哈哈地笑了："你怎么像来自外星球？"

万歌不好意思地笑了一下："我失忆了，他们都说我像个初生的婴儿一样无知。"

男子愣了一下，缓缓点头，似乎在凝思什么："失忆？我只在电影里听说过有失忆这事。"

"电影都是根据生活编的。"说完，万歌就站起来，走到栅栏边，她对这个世界太陌生了，她很想通过和一个医院之外的人聊聊天儿，知道这个世界是什么样子，"你还没告诉我为什么要每天待在这儿。"

男子叼着烟，歪着头想了一会儿说："我听说医院里有个很美的女人，每天都坐在院子里看着一朵小花笑，就想来看看这个女人到底是不是像传说中的那么美。"

万歌的脸，一下子就红了，低低地说："你真会开玩笑。"

男子认真地端详她："真的，比传说中的还要美。"

"美有什么用？我听护士悄悄说我就像个成年婴儿，她们都可怜我呢。"说着,万歌的眼里,就有了恍惚的泪,"后天,我就出院了,我都不知道出院以后我应该去哪里。"

"你可以回家。"

"我不记得家在哪儿,我只知道我叫万歌,还是他们告诉我的。"

"我姓宗,叫宗胜利,是我爸妈告诉我的。"

万歌"扑哧"一声就笑了,宗胜利隔着栅栏伸过了手,万歌迟疑了一会儿,把手轻轻地放在了他掌心中,宗胜利用力握了一下,松开:"如果你愿意,可以先住在我家,然后我慢慢帮你找家。"

万歌定定地看了他一会儿:"真的?"

宗胜利郑重点头。

宗胜利每天很早就出门,临行前一定会为万歌准备好早餐。起初万歌内心十分忐忑,甚至为自己的唐突感到不安。自己就这样住进了陌生人的家里。她不仅对宗胜利一无所知,更不认识自己。自己从哪里来,自己又是为什么要那么决绝地了结生命。

万歌很少走出自己的房间。宗胜利焦急,但他知道只有时间能够慢慢化解万歌的不安。过多的关爱只会给万歌带来负担。

回国一年的宗胜利一直在默默地关注着万歌,他的愿望很简单,只是希望万歌幸福,可是这一年里,他看到的是万歌承受着常人无法承受的折磨与生死离别。有多少次他想走出来,告诉万歌,还有我,还有我,别怕。可是自己对万歌而言究竟是谁,自己的出现会不会再给她带来新的苦恼。

"万歌，饭做好了，我去工作了，中午再回来。"宗胜利在万歌房间外面轻轻说着，刚要转身，似乎又想起什么，"多少吃一点儿，这样才有体力去找自己。"

万歌听到关门声，从自己的房间走了出来。她站到了窗前。看着宗胜利的车驶出了小区。

万歌忽然想离开这里，她不能再待在这里了，或许走出去才会有答案。

万歌提着行李箱刚要出门，门铃响了。

"是宗胜利家吗？"门口的快递员问道。

"是的。"

"这是他的快递。请签收。"

签收后，万歌把包裹放在了门口。

忽然，万歌发现这个快递包裹的包装和自己的行李箱居然是一样的款式。她停了下来，直觉告诉她，这是一个跟自己有关的包裹。

不知哪儿来的勇气，万歌鬼使神差地打开了包裹，里面是一封信和一本画册。万歌打开画册，她被画册惊呆了，画册里居然是同一个人——万歌。

万歌颤抖着双手，撕开信封。

胜利：

没想到是我吧，赶紧合上你吃惊的嘴吧。是不是很意外我是怎么知道你的地址的？

三年前我追随万歌来青岛，她说她喜欢这里，这里有小时候的味道。我在一所艺术学校当绘画老师，半年前学生告诉我市里开了一家超牛的画廊叫SONG，我去了，就知道你小子回国了。

算你小子仗义，没来找我们。不过没来算是你聪明，你看见我和小歌那么恩爱，肯定气绝身亡啊，呵。

不过哥们儿今天是真的要送你个大惊喜，小歌送你了。

别急，我没忘三年前你出国时对我说的话，要我一辈子对小歌好，不准辜负小歌，否则不会放过我。

现在不用你动手，老天替你出气了，我很快就要离开了，你知道我浑浑噩噩的生活，本来也没什么放不下的，但小歌除外。

上学那会儿你说你喜欢上了设计系的系花万歌，我嘲笑你说什么眼光啊，我们学校根本没有美女啊。你画了一幅万歌站在窗前看花的画，一直不敢送去。我笑你懦弱。自告奋勇替你送画，结果在看到万歌的一刻彻底瓦解。说谎画是自己画的。

回来你和我大吵，骂我卑鄙。我还狡辩是怯懦夺走了你的爱情。

后来万歌就成了我的女朋友，我知道是你小子仗义，如果你揭穿我，也许万歌早就是你的新娘了。

半年前，哥们儿被查出得了一个洋气的病，血癌。医生说我最多还有半年的时间，我就想一定要为小歌找个归宿。

胜利，别怪哥们儿，只有你能给小歌幸福，从我看到画廊的第一眼，我就知道你心里还有小歌。只有把小歌交给你，我才能安心地离开。

我和快递公司说好了，三个月以后寄出这封信，到时候我不知道自己还在不在了。半年只是医生宽慰我的话，我知道我时间不多了，我不愿意让你看到我的样子好让你得意。所以你看到信时，也许我已经在天上祈祷你和小歌幸福了。

哥们儿有本画册，里面全是小歌，看看哥们儿的绘画长进了没？留好它，告诉小歌，我没死，我一直陪着你们呢。

小歌喜欢植物还是你告诉我的呢，我本来想明年春天带小歌去巴黎看香榭丽舍大道呢，看来来不及了。你一定要带小歌去，一定。

哥们儿这辈子欠你的，来世一定还，做你和小歌的儿子怎么样？

呵呵。

告诉小歌,我不是她的绝唱,好好开始新的生活……

康达

万歌早已泣不成声,抬起头,模糊中看到窗前的花烛开出一朵艳丽的花……

> **编者点评:**
>
> 以悬疑基调开始,却以温情结束。放弃不是不爱,而是为了让她有更持久的幸福。这位读者的续写加入了自己对"情"的独特理解。情节感人,语言煽情却不矫情,让人不禁对"爱"这个字眼有了更深的理解。稍显瑕疵的是,后续文章没有提及前文中女主角的"自杀"以及房东,但瑕不掩瑜,这是一篇很优秀的续写,如果加以练习,定能写出更好的作品。
>
> ——编者

手机旋涡

文 / 罗浩森　踏雪歌

"不要开门。"

直到我打开了厨房门,被突如其来的螃蟹吓了一跳,我才从兜里的手机翻到这条短信,算上标点符号总共五个字节,来自一个陌生的号码。

被我丢进竹笼里的螃蟹正在不安分地挣扎着,我瞥了那条短信一眼,皱皱眉不再理会。从灶台上拿起手套戴上,我开始料理早上刚买的澄阳湖大闸蟹。

这是第一条短信,我永远都不会想到,后来一切事情的开端,就是在那个厨房前,从那些大闸蟹齐心协力挣脱出竹笼开始的。那时候我正面带微笑地准备料理这些畜生,准备晚上给陈安一个惊喜。

陈安是我的妻子。一年前我们以令人吃惊的低价按揭买下了这套二手房,空在那儿三年之久。介绍方是陈安的朋友,对此我曾存在过一些怀疑,但是陈安用异常坚决的语气说明了该朋友的可信性后,我表示了漫不经心与妥协——你知道,恋爱中的人智商会下降百分之八十,特别是我与陈安刚结婚。是的,那会儿我们刚结婚。

今天是我们的结婚纪念日,为此我特意向老板申请提早下班并买

罗浩森:90后作家,第二届"珍视明·文学之新"十五强选手,作品受六六、笛安赞誉。

了新鲜的大闸蟹。这过程并没有花多久,当我完成料理工作后,天刚开始出现初潮般的红晕,我知道,夕阳马上就要来了。我坐在窗前,攥紧手机,等待陈安归来。

这时候,我迎来了第二条短信,依然来自那个陌生的号码,此时看着却略微有点儿眼熟。短信里面说:"快走。"

两条短信,第一条是"不要开门",第二条是"快走",同样是充满了否定意味的命令句,这终于引起了百无聊赖的我的注意,应该是某位不太熟因此没有存入电话本的朋友在恶作剧?只花了半秒钟我就回复道:"你是谁?"

没有回音,石沉大海。本来纯粹抱着好奇心的我迅速将这件事丢到脑后,继续等着陈安下班回家。我看着那夕阳,像涂抹了一天空的狗血,心神渐渐恍惚……

直到第三条短信来到,我才发现,天已经黑透,我睡过去了。

一屋静寂,手机在哗啦啦地响着短信提示音,我点开屏幕,晚上十点半,陈安还没回来。

第三条短信只有一个字,总共五个字节:"走!!!"

我猛地从椅子上弹了起来,那类似于一种动物预判危险般趋利避害的动作,我突然觉得一股巨大的、如同暴风一样的恐惧感裹胁了我。我几乎没有犹豫地打开窗,让风呼呼地灌进来,然后拨打陈安的号码,短短十一个数字,因为紧张,我打错了三个,最后一气之下翻到了通讯录拨打出去。

"您好,您所拨打的电话暂时无法接通……"

我将电话丢到一旁,跟跟跄跄走到门口,"啪啪啪"摁下所有电灯开关。屋里漆黑一片,电源被切断了,只有窗台上被我丢掉的手机还发着光亮。我突然想到什么似的冲过去拿起手机拨打那个陌生号码,几秒后,电话接通了。

一阵刺耳的铃声从房间的某个角落响起。我用头和肩膀夹着手机,然后冲向声源。很遗憾,和悬疑片的一贯套路不一样,我几乎毫不费劲儿地找到了铃音的始作俑者,是一只手机。

电话里头仍在声声地响着,在我的眼前,另一只手机疯狂地振动,屏幕上显示着我的电话号码。我终于想起来了,这只手机是此前一家运营公司办活动时我与陈安买下来以防万一备用的。而我也终于想起来,那个号码之所以熟悉,是因为,那本来就是,我的号码。我的,备用电话的,号码。

冷汗湿透了我的手心。

耳边响起新短信的提示音,我挂断了电话,这是第四条短信,算上标点五个字节:

"我就是你。"

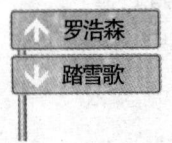

我紧紧盯着那几个字,一股寒意沿着我的脊背上行到后脑。我颤抖着双手,两只手机的光亮晃得我一阵阵战栗。

忽然,一阵奇异的响动从厨房处传来。

我猛地打一个寒战,转过僵着的身子,慌忙丢下手中的备用手机,拖着两条如灌了铅一般沉重的腿,一点点地向厨房挪过去。屋子里依旧一片漆黑。我颤着手摁亮手机,用微弱的光亮照着厨房。我一下子僵住,瞳孔猛地收缩。

螃蟹。

那些明明已经被我料理好的螃蟹,此刻正在厨房的地面上缓缓地爬着,一只一只,密密麻麻,往门外爬来,有几只已经爬到了我的脚边。

恐惧感一下子包裹了我，我想起收到的那几条短信，每一条都要我赶紧离开。我来不及想明白这些短信究竟是谁发的，我只知道——我要离开这儿。

我拼尽最后一点儿力气，疯狂跑到门口，我颤着手打开门，扑面而来的一阵寒意让我几乎停止了呼吸。

又是螃蟹，硕大无比的螃蟹，一双眼睛正冷冷地盯着我。

我嘶声尖叫起来，回身抄起一把水果刀，闭着双眼，一面狂叫着挥舞刀子，一面狠狠推开那只怪物冲下了楼。我跌跌撞撞地在夜幕下跑着，也不知过了多久，终于双腿一软跌坐在地上。我大口喘着气，街边的路灯正散发着幽暗的光。

手机突然响了起来，在寂静得可怕的黑夜里显得尤其刺耳。我心头一跳，颤抖着手拿起手机。又一条短信，还是那个号码，仍然是五个字节：

"晚了，回家"。

我浑身一颤，怔怔地看着手机屏幕。我突然有一种可怕的直觉，我想我应该听从短信上所说的，只有这样，我才能避免一些不该发生的事情发生。

我气喘吁吁地跑回家，却在家门口看到了让我魂飞天外的景象。

门口，我的妻子陈安倒在血泊中。我疯了一般冲上前，抱起了她。

她的胸口有十几道刀伤，伤口虽不深，却一直在流血，如果不赶快止血，一定会有生命危险。我慌忙打了120，说清楚情况后，我紧紧抱着陈安，生怕她就这样离我而去。

我的余光扫到了一样东西。

那柄我用来刺伤螃蟹的小刀。而周围，并没有螃蟹，只有受了伤的陈安。一个让我难以置信却又无比合理的猜测涌上我的心头：我刺伤的不是螃蟹，而是陈安。

我浑身冒出了一阵阵冷汗，大脑一片空白。很快，一阵脚步声传来。一群医生抬着担架跑了上来，我急忙把陈安抱上担架，随着他们跑下楼。

救护车急鸣着把陈安送到了医院，经过及时救治，她总算没有了生命危险。我松了一口气，坐在她的病床前，紧紧握着她的手。突然，病房门被推开，走进来的是一个熟人——为我们介绍房子的人，陈安的朋友慕澜。"她没事就好，也不辜负那些短信了。"慕澜笑着看着我说道。我站起身，惊道："你知道那些短信是怎么回事？是有人躲在我家吗？可他为什么说他就是我呢？而且我记得，我收到最后一条短信的时候，备用手机是在我手里，他是没法用备用手机给我发短信的啊！"

慕澜意味深长地一笑："发短信的人，就是你。"我吃了一惊，刚要开口，他就接着补充道："也许你会不相信，但事实就是如此。实际上，发短信的人是未来的你。你因产生幻觉误伤了陈安，导致她失血而亡，你很悔恨，我同样也很难过，所以我帮助你，进入了手机旋涡。

"手机旋涡是我无意中发现的，在这个旋涡中，时间和空间都被扭曲了，一只手机发出的信息就可以穿越时空到达另一只手机。"

"你进入了手机旋涡，就用你的备用手机向过去的你发出警告短信，试图阻止你伤害陈安。虽然人们认为，改变既定历史是不可能的，是不合逻辑的，但没想到，在手机旋涡中，连逻辑都被扭曲了。"慕澜拍拍我的肩，笑道："你成功了。"

虽然这一切那么不可思议，但除了这个解释，的确没有别的可以说通这一切。

我望了望沉睡着的陈安，又看看笑得灿烂的慕澜，不由得也勾起一丝笑意："看来，我还得好好谢谢我自己。"

> **编者点评：**
>
> 这位读者的续写整体上延续了原作者的框架，以手机短信为线索，语言运用得体，情节扩充合理，高潮部分引人入胜。稍显不足的是结尾有些仓促，朋友慕澜的出现有些唐突。虽然有些小小的不足，但是这位读者的写作功底可见一斑。望再接再厉。
>
> ——编者

如果

文 / 孙建业　王亚楠

　　人如果有了心事，就总喜欢找点儿景物来寄托。或许景物和心境并不能很好地结合，达到空明的境界，但人在凝视着某个景物的时候，总会产生些迷离的幻想。他似乎就是这样一个人。在某个普通的夕阳西下，他站在卧室的窗户前眺望着西方，他的视线里，有一排松树总是遮遮掩掩，似乎不希望让他看见即将西落的太阳。北京的风很大，因此尘土很感激风，是风给了它们联手遮挡阳光，率先在人们面前耀武扬威的机会，同时也令人感受到它们背后的那个太阳的沉沦。他不禁可怜起这个太阳，是风泯灭了太阳的锋芒，在风的暴戾下，低迷了一整天的太阳只好缓缓西坠，伴随着一脸羞愧的红。透过那些枝枝蔓蔓，他忽然感受到了太阳的心碎。

　　门开了，他拉着行李箱进来，门又被风吹着自己关上了，发出一声闷响。这是一间老式的大三居，位于一座六层板楼的顶层。房间虽没有经过装修，但也还算整洁。他推开自己房间的房门，一股很重的粉尘味呛得他连打了好几个喷嚏。才出差不过七天，桌上、茶几上、电视机上，已经落了薄薄一层土，空气中也能清晰地看见曼舞的尘埃。屋里很闷热，有些让人透不过气。他的T恤早已被汗水湿透，贴

　　孙建业：80后，著名编剧，天津师范大学教师，代表作品《北京青年》。

在背上。他推开卧室的窗户，并未感到一丝凉爽，这才想起对面的房门还紧闭着。

他走到门口，习惯性地敲敲门："起床没？"她总是这时才起床。没有回应。他忽然自己乐了，拧开锁，房间里空无一人。推开窗，有风了，很凉快，吹在湿衣服上，甚至感觉有些冷。床还在，床上的被褥也在，只是墙上贴的那些照片不见了。那些照片，他还记得，她曾经问过他："我那时好看还是现在好看？"他的回答简单而没有创意："都好看。"她笑了："我也觉得是。"

尽管是白天，他还是习惯性地摁下开关，灯没亮。再一看，灯泡没了。他忽然有些欣慰，因为这灯泡是他临走前刚给她换的。他还记得那天晚上，他和她站在房间里仅有的一把能站人的椅子上，她举着手机，靠着手机屏幕的那点儿亮光，他对这盏快成为文物的灯摆弄好久……然后呢？然后灯泡终于安装好了。

书架上的书已经被取走，只剩下一个没有相片的相框和一小篮零零碎碎的小饰品，这些饰品在她住进来之前就已经存在。他又来到客厅，饭桌上还摆着那只五百瓦的小电饭锅，锅里干干净净的，显然他走后她一次也没用过，当然，走之前也没怎么用过。他想，如果她不那么早地离开，或许，他们还会再买些别的。他曾经看着她在一台降价的豆浆机前驻足了一分钟，最后说了一句："买豆子是不是很麻烦？"

打开冰箱，还剩下两个鸡蛋、半瓶汇源果汁和几袋牛奶，这是他临走前剩下的，她没碰过。不再有其他与她有关的东西了。他有些不甘心，返回她的房间，沿着床，沿着墙，顺着书架，仔仔细细地寻找着。他希望能发现一张字条、一幅画，或者是某件她心爱的却忘记带走的物品。最后，他在床底下发现了那只他亲手装上的灯泡，灯丝已经断了。

孙建业
王亚楠

他静静地看着那只灯泡，对着破旧狭小的窗子，还有一点点夕阳的余晖照了进来。那他又看到了什么呢？变形的窗子，变形的自己，变形的世界，还有变形的爱情。他还能做什么呢？

还记得第一次看见她，也是在一个午后，她那时风华正茂，带着少女的青春气息和南方女子特有的温柔气息，那时她在懒懒的阳光下懒懒地看一本张爱玲的书。

就像是电视剧里演的一样，两个人恋爱了，从来没有恋爱过的她怎么能挡得住这样一个帅气的男孩子的追求呢？那时的两个人漫步在校园里，连空气都是心中意想不到的温柔。她喜欢他的细腻阳光，他喜欢她的甜美可人。热恋过后就毕业了，两个人就理所当然地在一起了，没有什么社会关系，没有什么生活保障，在激烈的社会竞争中，孤独的两个人相约在一起共同承担风雨。我欲与君相知，白首不相离。

那场婚礼，没有亲人参加。他是农村来的小伙子，她是从小锦衣玉食的富家小姐，她的父母不同意她和他在一起，原因无他，他穷。门不当、户不对的婚姻也许注定了最后的覆灭。最简单的理由往往最具有说服力，最简单的道理往往最显得离奇。如果在认识到两个人的差距时就分开，两个人会不会现在都过上了幸福的生活呢？至少，两个人在彼此的心中还有温馨的回忆。

听说两个人执意要在一起，她的父亲甚至以断绝关系来威胁她，她的父亲相信过一段时间苦日子，她就受不了了，便自然会回心转意。但是那时她不在乎，有了爱情作为婚姻的保障，她相信以他的能

力,他会为她带来最好的生活。也是从那以后,他便在心里许下承诺,要给她最幸福的生活。

结了婚,各自找到了工作,他们省吃俭用买下了这个二手的公寓,因为价格便宜。

生活,还在一点点继续,没有理由为谁停下来。他辛苦地工作,辛苦地赚钱,他依然像刚结婚一样,无论是生活上还是感情上尽可能地满足她的一切。终于有一天,他成功拿下了业务经理的职位,他告诉她,他只出差一个月就可以回来陪她的时候,就在他以为他们的好日子就要来到的时候,她却提出了离婚。

像是一场冷水泼灭了所有的激情与热情,甚至连离婚的理由都没有,她说她累了。他出差了,他以为一个月的时间她会想清楚,但是看样子,她还是走了。如果那时的他留下来极力挽留,他们之间的感情会不会维系得更久呢?

"咚、咚、咚。"

"您好,请问有什么事情吗?"

"啊,您好,我是楼下的一个邻居,这是昨天一个小姐让我交给您的。她说这个时候会有人在,我还以为是骗人的呢,没想到,真的啊,呵呵。"

他缓缓打开信,上面只有四个字:"再见,安好。"

结束了,就这样,还真是讽刺呢。这难道不是预料的结局吗?原来爱情真的在现实面前不堪一击。他躺在床上,那里若有若无地还残存着她发间的芳香……

与此同时,医院,手术台上。

"小姐,你确定要做这次脑肿瘤的手术吗?毕竟,嗯,你懂的,成功的概率不是很大。"

"嗯,没有关系。我这一生真的很幸福。"

"好的,那等下我们马上手术。"

"爸爸妈妈,别告诉他好吗?谢谢你们原谅了我,下辈子我不要当你们的女儿了,让你们也省点儿心。"

"放心吧,小手术,一定没事的。那个没良心的,坑害了你啊,闺女。"

"不,他对我很好,帮我守住这个秘密,这是我最后的愿望,好不好?"

七个小时后,手术室的红灯亮了,只有一对鬓角斑白的夫妻哭红了双眼。

原来,爱的世界里始终没有背叛,只有隐瞒。

如果,你愿意相信,便真的没有那么多的如果。

作者点评:

"原来,爱的世界里始终没有背叛,只有隐瞒。"感激这位读者用自己对爱的理解写出了一篇让人动容的续写。虽然和我的初衷有些不一样,但是写作就是这样神奇的事情,一千个读者心中有一千个哈姆雷特,同一篇文章的开头,不同的人就会写出不一样的故事。而你写的故事就是你对人生的理解。

——孙建业

木乃伊谜案

文 / 冷青裳　辛诗婕

"咣啷啷——"

手中盛药的托盘掉在地上，随即在医院幽暗狭长的走廊里引起一阵回响。

丁翠翠浑身汗毛倒竖，简直要吓破胆。眼见着盘里的针管飞出去半丈远，碎成了玻璃花，里面的液体四散开来，就这么摊成一幅小小的地图。

心上像被人使大劲儿堵了个塞子。

若不是大半夜的，她又做贼心虚，翠翠真是要好好捶胸顿足一番。

近两年军阀混战愈演愈烈，前线伤兵不断。她这里虽然是大后方，但隔三岔五也要演一出特务暗杀、暴动游行什么的。时局动荡，血案频发，麻醉药就真真成了紧俏货。她提心吊胆地从药局偷了四五次才得手，可没等派上用场就摔了个花开富贵。她这辈子还真就是没有做贼的命啊。

不过想来，叶茂干吗非要先给那住在319号病房的病人注射麻药

冷青裳：著名青春文学作家，作品以短篇小说居多，获好评无数。代表作品有《许一段情深》等。

呢?那人断手断脚的,浑身缠得像木乃伊一样躺在病床上,就算知道她翻箱倒柜找东西,也只能急得干瞪眼吧?等下她摸黑进屋,床单遮眼,纱布塞嘴,找到叶茂让她拿的东西立马溜之大吉,不就结了?

这样一想,她就没刚刚那么火烧屁股了。

反正叶医生不会知道她到底是怎么拿到那东西的。他只要遵守承诺,帮她去跟科主任求求情,千万别延长她的实习期,她还想如期毕业呢!上次手术跟刀的时候,她真的不是故意一剪子戳在主刀医生手腕上的……

一阵凉风拂过,翠翠打了个激灵,天马行空的小脑袋终于扯了缰绳。定了定神,她悄无声息地拧开了319号病房的房门。

一室黑暗,只有清冷的月光隐隐从窗子透进来。

她借着这些许光亮,蹑手蹑脚地往病床走去,本想来个速战速决,可两只巴掌重重按下去,竟然没摸着脑袋!她心里一惊。这病床才多大啊,那"木乃伊"虎背熊腰的,怎样都不至于摸不着吧?她又胡乱抓了几把,还是什么都没有。她有点儿慌了,心急火燎地弯下身子贴近枕头使劲儿瞧,不由得倒抽一口凉气。

人呢?

脑袋里顿时炸开了花。她觉得事情不大对劲,必须马上开溜,一回身却看见一个白花花的东西戳在她身后。她下意识地抬头看,却只望见一张被纱布缠裹得仅剩一双眼睛的脸,在月光下明灭不定,狰狞得像从停尸间里爬出来的僵尸。

这不是……"木乃伊"吗?

翠翠头发都要竖起来了,呼吸骤停,手脚发麻,随即一屁股跌坐在病床上。那声"妈呀"还没吐出口,就被"木乃伊"的大手按回了嘴里。

他用另一只手掐住她细长的脖颈,压低声音威胁道:"不许

叫!"

她蚊子一样地呜咽着,怎么也想不明白,白天她巡房时这家伙还一动都不能动,现在怎么就好手好脚地满地跑了呢?

但现下这状况,别说问个明白,她连大气都不敢喘,只怕自己变成明天的新闻头条——"妙龄实习女护士遭遇变态木乃伊杀手",她可不想报童走街串巷地拿自己赚吆喝啊。

不过"木乃伊"倒没有要她性命的意思,只是沉声问:"本地人?"

她抖抖地点了下头。

"带我去芙蓉巷14号,我就放了你。"

翠翠再次重重点头,但旋即想想,又觉得哪里怪怪的……

不对啊!"木乃伊"去她家干什么?

漆黑的巷子里,阵阵阴风夹杂着酸臭味,这里曾是享誉全城的烟花巷——芙蓉巷,只因出过一个绝代风华的女子,名叫柳芙蓉,正是印证了红颜薄命这个词,传说她遇上了她的"良人",两个人私订终身,却最终没能携手相伴,而她也在花一般的年纪里自尽在她的闺房内。

北洋政府倒台后,各地军阀各自为政,整日征兵打仗,原本就被人颇为诟病的巷子里,住户就更少了,翠翠一家在这落户也是战争下颠沛流离的结果。

战争带来的除了死亡就是苦痛,这也是为什么翠翠会选择在医院工作。

"你为什么要到这里来,这里已经荒废好久了,找人?"试探地开口询问尾随身后的"木乃伊"。他身上穿着翠翠偷来的叶茂的便服,实际上翠翠对他好奇大于恐惧。

"这个问题你没有必要知道。"看着眼前破败的房子,"木乃伊"的表情更加冷了。随后熟悉地推门向后院走去。

整件事看着都不寻常,他的身体能在这么短的时间内恢复,还有叶茂为什么让她去找那个东西。

可是翠翠不敢再多问,只跟着。

"木乃伊"一进屋子就往里面走:"喂,那是我的卧室,你不能进去。"

追着他进了房间。却看到"木乃伊"只是站在床旁的梳妆台边,借着月光,翠翠看到他的手抚摸着桌面的纹理,动作轻柔,好似抚着的是爱人老去的面容,一遍一遍,饱含深情。

翠翠一家现在所住的房子是当年芙蓉居的一角,翠翠现在的卧房就是当年柳芙蓉的香闺,别人都嫌这房间死过人不吉利,翠翠却觉得这房间是当年头牌的住所,风水、采光什么的必是院子里最好的,所以就想都没想住下了。

这张梳妆台是这房子原本就有的,虽然被火烧过,可看木料却是上等的,从隐约可见的花纹也能猜出这台子原本是非常精致的。

抽出梳妆台上的整层抽屉,"木乃伊"又伸手进去卸下了里面一层又一层的隔板,拿出一个用手绢包裹着的东西,从翠翠的角度只能看到细细长长的一根,待他一层层揭开才看清,原来是女子的发簪,簪身繁杂的纹路看着很是精致,

"这东西竟然能被这么完好地保存下来。"

"这台子是经过特殊处理的,外层涂过防火的材料,除非材料烧尽,否则里面并不会有事。"

"她竟然死也不舍得毁了它，"他两眼死死盯着发簪，"却是我失约辜负了她。"

他的情人是柳芙蓉，那他是……翠翠再不敢想下去。

"拿去吧，这个就是你们要找的东西。"

"什么？"一根女子的发簪，叶茂要的不是什么地图吗？

似乎看出了翠翠的讶异："你拿去给他们，他们自然就会明白。"随后惨然一笑，"枉我视他为兄长，敬他信他，还把我和芙蓉的事告诉他，他却骗我赴约，对我下药，还把我做成生祭来为他守墓，忍受这么多年不生不死的孤寂，还害得芙蓉以为我负她而自尽，我又何苦保他安宁？"这是翠翠见他以来，他说过的最长也是最"富有感情"的话了，因为说完他就侧身扶着台子大口喘气。

"哎呀，糟糕。"翠翠这时候才想到自己还没请假就跑出来，只怕又要让科主任抓把柄了，"我得回医院了，你怎么办？"

"我在这儿陪她。"

翠翠以为他想再缅怀下过往，没多问便匆匆离开，至于319号房间病人的失踪，她想只要东西到手，叶茂会帮她解释的。可等翠翠再回到家的时候，她的房子却化为了一片废墟，"木乃伊"也不见了，废墟里并未找到任何尸首。

可芙蓉化鬼的故事却越传越远，各种版本层出不穷。总之一句话，芙蓉是只会害人的鬼，芙蓉巷谁住进去谁倒霉。

把簪子交给了叶茂后，翠翠如愿转正了，也分到宿舍解决了住所问题，可叶茂却失踪了。再后来发生了一件惊动全国的大事，某处山区地陷了，一座大山一夜间被夷为平地，当地老人们都说那山的下面是龙脉所在，埋着一座帝陵。

那夜的一切和后来的事于翠翠而言却只是见证了一个错过十几年的爱情约定。

> **作者点评：**
>
> 　　首先要给辛同学鼓鼓掌，能在1500字以内描述清楚一个完整的故事，而且辛同学语言功底不错，言简意赅，人物虽多却不凌乱。唯一缺点就是对话太丰富了，再来就是有一个小遗憾，虽然辛同学将我的开头接续出了一段凄美的爱情传奇，但其实我的本意是写一个轻松活泼的谍战故事来着……
>
> 　　　　　　　　　　　　　　　　　——冷青裳

 # 意林精品图书推荐

多味之恋 系列

《别来无恙，我的小初恋》
简介：销量超百万作家沈嘉柯暖心力作，陪你一起挥别青春，再出发。
定价：29.80元

《喜欢你这句话，我憋住了整个青春》
简介：数十篇青春伤感故事，带你领略成长、青春、爱恋的阴晴圆缺。
定价：29.80元

《遇见你，就是最对的时候》
简介：青罗扇子、周德东等作家用文字演绎纸上电影。时光远去，我们永远青春。
定价：29.80元

《我记得你说过的每句美好》
简介：独木舟、夏七夕、七微等名家用真挚的笔触探究青春的色彩。
定价：29.80元

深夜暖心 系列

《这世间所有的纸短情长》
简介：织梦人张芸欣在深夜为你点一炉青莲之香，寻找渐渐远去的青春与年少。
定价：29.80元

《世界那么大，命中注定遇见你》
简介：每个人都会接触形形色色的人，又会和一些人聚聚散散，马叔说：这些相遇都是命中注定。
定价：29.80元

《我不怀念你，我只怀念有你的往昔》
简介：继《左耳》之后深入骨髓的疼痛青春，每个人都可以在她的故事中找到最原始的自己。
定价：29.80元

《花与巡夜人》
简介：国内一本填色减压故事书，抚触你的心灵，治愈现代人的都市病症。
定价：36.90元

十八而志 系列

《少年从不等风来》
简介：关于年轻人的追梦故事，他们用自己的特立独行，创造属于自己的天地。
定价：29.80元

《你的人生不需要别人点赞》
简介：大人物从这里起步，成就了丰盛的人生。数百篇故事告诉你成功者的秘密。
定价：29.80元

《逆光飞翔 微芒盛放》
简介：名人的磨难被晾晒成坚强，带给你十八而志的青春励志的正能量。
定价：29.80元

《像明星一样去战斗》
简介：数十位明星的奋斗史。逆袭背后，都是平凡生活中的伟大梦想。
定价：29.80元

大阅读 系列

《脑洞君，请收下我的膝盖》
简介：理科的严谨与文科的情怀，二者都能拥有。
定价：28.90元

《我心有猛虎，而你只要一枝蔷薇》
简介：量身为中学生打造的心灵读本！
定价：28.90元

《一生心事只得一人来解》
简介：与名家碰触思想上的火花，快乐成为阅读的领跑学霸。
定价：28.90元

《好男孩上天堂 坏男孩走四方》
简介：毕业于剑桥大学的才女陈叠邀您围观世界名校男神！
定价：29.80元